琼瑶
作品大合集

望夫崖

琼瑶 著

作家出版社

琼瑶，本名陈喆，作家、编剧、作词人、影视制作人。原籍湖南衡阳，1938年生于四川成都，1949年随父母由大陆赴台生活。16岁时以笔名心如发表小说《云影》，25岁时出版首部长篇小说《窗外》。多年来笔耕不辍，代表作包括《烟雨蒙蒙》《几度夕阳红》《彩云飞》《海鸥飞处》《心有千千结》《一帘幽梦》《在水一方》《我是一片云》《庭院深深》等。

多部作品先后改编成为电影及电视剧，琼瑶也因此步入影视产业。《六个梦》系列、《梅花三弄》系列、《还珠格格》系列等，影响至深，成为几代读者与观众共同的记忆。

琼瑶以流畅优美的文笔，编织了众多曲折动人的故事。其作品以对于梦的憧憬和爱的执着，与大众流行文化紧密结合，风靡半个多世纪，成为华文世界中极重要的文学经典。

我為愛而生，我為愛而寫
文字裡度過多少春夏秋冬
文字裡留下多少青春浪漫
人世間雖然沒有天長地久
故事裡火花燃燒愛也依舊

復禱

楔子

在北方，有座望夫崖，诉说着，千古的悲哀，
传说里，有一个女孩，心上人，漂流在海外，
传说里，她站在荒野，就这样，痴痴地等待！
这一等，千千万万载，风雨中，她化为石块！
在天涯，犹有未归人，在北方，犹有望夫崖！
山可移，此崖永不移，海可枯，此情永不改！

望夫崖伫立在旷野上，如此巨大，如此孤独，带着亘古以来的幽怨与苍凉，伫立着，伫立着。那微微上翘的头部，傲岸地仰视着穹苍，像是在沉默地责问什么、控诉什么。这种责问与控诉，似乎从开天辟地就已开始，不知控诉了几千千几万万年，而那广漠的穹苍，依旧无语。

夏磊就站在这望夫崖上，极目远眺。

崖下丘陵起伏，再过去是旷野，旷野上有他最留恋的桦树林，桦树林外又是旷野，再过去是无名的湖泊，夏秋之际，常有天鹅飞来栖息。再过去是短松岗，越过短松岗，就是那绵延无尽的山峰与山谷……如果骑上马，奔出这山谷，可能就奔驰到世界以外去了。世界以外有什么呢？有他想追寻的海阔天空吧！有无拘无束的生活，和无牵无挂的境界吧！

他极目远眺，心向往之。

走吧！走吧！骑上马，就这样走吧！走到"天之外"去，唯有在那"天之外"的地方，才能摆脱掉自己浑身上下的纠纠缠缠，和那千愁万绪的层层包裹。走吧！走吧！

但是，他脚下踩着的这个崖名叫"望夫崖"，如果他走了，会不会有人像传说中那样"变成石块"？

他打了个寒噤。不会的！没有人会变成石块的！这望夫崖只是地壳变化时的一种自然现象罢了！现在已经是民国八年了，五四运动都过去了，身为一个现代化的青年，谁会去相信"望夫崖"这种传说？可是……可是……为什么他的心发着抖，他的每根神经都绷得疼痛，他的脑子里、思想里，翻腾汹涌着一个名字："梦凡！梦凡！梦凡……"

这名字像是大地的一部分，从山谷边随风而至，从桦树林，从短松岗，从旷野，从湖边，从丘陵上隆隆滚至，如风之怒号，如雷之震野："梦凡，梦凡，梦凡……"

怎么把自己弄到这个地步呢？怎么这样割舍不下，进退失据呢？怎么把自己捆死在一座崖上呢？怎么为一个名字这样魂牵梦萦呢？怎么会？怎么会？怎么会……

第一章

时间追溯到十二年前。

那年,夏磊还没有满十岁。

在东北那原始的山林里,夏磊也曾有过无忧无虑的童年。跟着父亲夏牧云,他们生活在山与雪之间,过着与文明社会完全隔绝的岁月。虽然地势荒凉,日子却并不枯燥。他的生命里,有苍茫无边的山野,有一望无际的白雪,有巨大耸立的高山森林,有猎不完的野兔獐子,采不完的草药人参。最重要的,生命里有他的父亲,那么慈爱,却那么孤独的父亲!教他吹笛,教他打猎,教他求生的技能,也教他认字——在雪地上,用树枝写名字,夏磊!偶尔写句唐诗,"飘飘何所似?天地一沙鸥!"也写"乱山残雪夜,孤独异乡春!"

父亲的故事,夏磊从来不知道。只是,母亲的坟,就在树林里，父亲常常带着他，跪在那坟前上香默祷，每次祷告完，父亲会一脸光彩地摸摸他的头：

"孩子，生命就是这样，要活得充实，要死而无憾！你娘跟着我离乡背井，但是，死而无憾！"父亲抬头看天空，眼睛迷蒙起来，"等我走的时候，我也会视死如归的，只是，大概不能无憾吧！"他低下头来瞅着他："小磊，你就是我的'憾'了！"他似懂非懂，却在父亲越来越瘦弱，越来越憔悴，越来越没有体力追逐野兽翻山越岭的事实中惊怕了。父子间常年来培养出最好的默契，很多事不用说，彼此都会了解。这年，从夏天起，夏磊每天一清早就上山，疯狂地挖着找着人参，猎着野味……跑回小木屋炖着、熬着，一碗一碗地捧给父亲，却完全治不好父亲的苍白。半夜，父亲的气喘和压抑的咳声，总使他惊跳起来，无论怎么捶着揉着，父亲总是喘得上气不接下气，身子佝偻抽搐成一团。

"死亡"就这样慢慢地迫近，精通医理的父亲显然已束手无策，年幼的夏磊满心焦灼，却完全不知如何是好。就在这时候，康秉谦闯入了他们的生活。

那天，是一阵枪声惊动了夏磊父子。两人对看一眼，就迅速地向枪响的地方奔去。那个年代，东北的荒原里，除了冰雪野兽，还有土匪。他们奔着，脚下悄无声息。狩猎的生活，已养成行动快速而无声的技能。奔到现场附近，掩蔽在丛林和巨石之间，他们正好看到一群匪徒，拉着一辆华丽的马车和数匹骏马,呐喊着,挥舞着马鞭,像一阵旋风般卷走,消失在山野之中。而地上,倒着三个人,全躺在血泊里。

"小磊!快去救人!"夏牧云嚷着。

夏磊奔向那三个人,飞快地去探三人的鼻息。两个随从般的人已然毙命,另一个穿着皮裘,戴着皮帽的人,却尚有呼吸。父子俩什么话都没说,就砍下树枝,脱下衣裳,做成了担架,把这个人迅速地抬离现场,翻过小山丘,穿过大树林,一直抬到父子俩的小木屋里。

这个人,就是在朝廷中,官拜礼部侍郎的康大人——康秉谦。后来,在许许多多的岁月里,夏磊常想,康秉谦的及时出现,像是上天给父亲的礼物。大概是父亲在母亲坟前不断地默祷,终于得到了回响。命运,才安排了这样一番际遇!

康秉谦在两个月以后,身体已完全康复。他和夏牧云在旷野中,歃血为盟,结拜为兄弟。

那个结拜的场面,在幼年的夏磊心中,刻下了那么深刻的痕迹。那天的天空特别地蓝,雪地特别地白,高大的针叶松特别地绿,袅袅上升的一缕烟特别地清晰,香案上的苹果特别地红……康秉谦一脸正气凛然,而父亲——夏牧云显得特别地飘逸,眼中,闪着那样虔诚热烈的光彩。

"皇天在上,后土在下!"康秉谦朗声说。

"天地日月为鉴!"夏牧云大声地接口。

"我——康秉谦!"

"我——夏牧云!"

"在此义结金兰!"

"拜为兄弟!"

"从此肝胆相照!"

"忠烈对待!"

"至死不渝,永生不改!"

两人对着香案,一拜,再拜,三拜。

夏磊看得痴了。这结拜的一幕,和两人说的话,夏磊在以后的岁月里,全记得清清楚楚。结拜完了,父亲把夏磊推到康秉谦面前:"快跪下,叫叔叔!"夏磊跪下,来不及开口叫,康秉谦已正色说:

"不叫叔叔,叫干爹吧!"

父亲凝视康秉谦,康秉谦坦率地直视着父亲:

"你我兄弟之间,还有什么顾虑呢?把你的牵挂,你的放心不下,全交给我吧!我们康家,世代书香,在北京有田产有房宅,人丁兴旺,我有一子一女,不在乎再多一个儿子!从今以后,我将视你子如我子,照顾你子更胜我子,你,信了我吧!"父亲的眼眶红了,眼睛里充泪了,掉过头来,他哑声地命令夏磊:"快叩拜义父!叫干爹!"

夏磊惊觉到有什么不对了,好像这样磕下头去,就会磕掉父亲的生命似的。他心中掠过一阵尖锐的刺痛，跳起身子，他仰天大喊了一声："不……"一面喊着，一面拔脚冲进了树林里。

那天黄昏，父亲在山崖上找到了他。

"小磊，我已经决定了！明天，你就跟着你干爹到北京去！"

"不！"夏磊简单地回答了一个字。

"一定要去！去看看这个京城重地，去做个读书人……这些年来，爹太自私，才让你跟着我当野人！你要去学习很多东西，计划一下你的未来……"

"不！"

"你没有说'不'的余地！这是我的决定，你就要遵照我的决定去做！"

"不！"

"怎么还说'不'？"父亲生气了。"你留在这山里有什么出息？如果我去了，谁来照顾你？"

"如果我去了，谁来照顾你？"夏磊一急，憋着气反问了一句，脸涨红了，脖子都粗了，"我高兴在山里，是你把我生在山里的！我就要留在山里！"

"我选择山里，是我二十五岁以后的事！等你长大到二十几岁，你再选择！现在，由不得你！你要到北京去！"

"不！"

"你听不听话？"

"不!"

"你气死我了!"父亲气得浑身发抖,气得又咳又喘,"好!好!你存心要气死我……你气死我算了……"

"爹!"他大嚷着,心里又怕又痛,表面却又强又倔,"我走了,谁给你去采药?我走了,谁给你打野兔吃?谁给你抓野鸡呢?"父亲瞪了他好半晌,默默不语。

那天夜里,父亲吊死在母亲坟前的大树上。在夏磊的枕前,他留下了一张纸条:

小磊:

爹走了!为了让你不再牵挂我,为了让你不再留恋这片山林,为了让你全心全意去展开新的生命,为了,断绝你所有的念头,爹——先走一步!你要切记,永远做你干爹的好儿子,不许辜负他的教诲!因为,他的教诲,就是爹的期望!

夏磊看着已断气的父亲,握着父亲的留字,他简直无法相信这是事实,父亲死了!死了!死了!这件最害怕的事骤到眼前,他快要发狂了。悲痛和无助把他像潮水般淹没,他冲进树林里,跌跌撞撞地扑向树干,疯狂地用拳头捶着树,大声地哭叫了出来:"爹!我不要你死!我不要我不要!爹!你活过来!你活过来……

爹……娘……"他哭倒在树林里,声嘶力竭。树林里的鸟雀,都被他的哭声惊飞出来。康秉谦取下了夏牧云的尸体,他掘了个洞,把夏牧云葬在他妻子的旁边。"牧云兄!现在,你就安心地去吧!再也没有人世的重担可以愁烦你了!再也没有身体的病痛可以折磨你了!而今而后,你的儿子也就是我的儿子了!你请安息吧!"

他走过去拥住夏磊。而夏磊,扑倒在父母坟前,只是不断地,不断地哀号:"爹,娘!你们都不管我了?你们都不要我了?爹!娘!爹!娘……"他喊着喊着,喊得声音沙了,哑了,再也喊不出声音来了,他还是喊着,哑声地喊着,沙声地喊着,直到无声地喊着。

第二章

第一次见到梦凡，就在康家那巍峨的大门里。

夏磊跟着康秉谦，一路上换车换马换轿子，走了将近一个月，才走到北京城。这一路的火车、汽车、马车、人力车，对他全是新奇，而城市里的人来人往，车水马龙，更是见所未见，闻所未闻。但是，这些新奇的事事物物和父亲的死亡比起来，仍然太渺小太微不足道了。他在整个旅途中，都十分沉默，也从不肯喊康秉谦为"干爹"。他强硬、冷漠，咬牙忍受着内心的孤苦，把自己整个心灵，封闭在一道无形的围墙以内，不让任何人走进这道墙。但是，他走进了康家的围墙。

忽然间，发现自己置身在一个幻境般的大花园里，确实让他眼花缭乱。从不知道，住宅可以拥有这么多的房间。眼前的假山、湖泊、楼台、亭阁、水榭、小桥和那曲曲折折的长回廊,简直是不可思议的!他还没有从这份惊愕中清醒过来,就又被康家那簇拥而至的人所惊呆了!一个家庭里怎么会有这么多人呢?大家从各个角落奔过来,叫老爷的叫老爷,叫大人的叫大人,叫名字的叫名字,叫爹的叫爹……一时间,站着的,跪着的,倒头就拜的……把小小的夏磊看得目瞪口呆。而康秉谦,却推着夏磊,不停地说:

"小磊,这是你干娘,小磊,这是你眉姨娘,这是胡嬷嬷,这是康勤、康忠、康福……这是梦华……这是银妞、翠妞、老李……"夏磊还什么人都闹不清楚,就被一个雍容华贵的女人拥进了怀里,一阵幽幽的清香传入鼻内,皮肤接触的是绫罗绸缎的酥软,眼光接触的是珠围翠绕的美丽,耳内听到的是慈祥无比的温柔:"哦!这就是我们恩公的孩子了!小磊,我是你干娘,我会好好地疼你!我会好好地怜惜你……你放心,从此你就是我们家里的少爷了!"夏磊三岁失去亲娘,以后就没和女性接触过,这样被拥在一个女人的怀中,真是浑身不自在。他扭动了一下肩膀,硬生生挣扎出了康太太——咏晴的怀抱。

咏晴呆了呆,抬头看秉谦:

"老爷啊,你平安回来就好!以后再也不要远行了!你实在把我们全家都吓得魂不守舍啊!"

"是啊!是啊!"几百个声音在接口,"我们早烧香,晚烧香，总算把您给盼回来了！老爷啊……"

"老爷鸿福齐天，遇难成祥，转危为安，我们大家给老爷磕头道贺……"一地丫头、老妈子、家丁、仆佣、随从，全磕下头去。

夏磊真的眼花缭乱，糊里糊涂了。

"爹……"一声清脆无比的呼唤，拉长了尾音，带着真挚的思念和孺慕的崇拜，娇娇嫩嫩地传了过来。夏磊闻声抬头，只见一个穿着红色绣花衣裳，戴着一身珠珠串串，梳着两条大发辫的小女孩儿，沿着那回廊狂奔而来，身上的珠珠串串发出叮叮当当的细碎声响，头上的簪饰摇摇颤颤……康秉谦张开了双手，喜悦满布在他风尘仆仆的脸上，他怜爱至极地喊了一声："梦凡！"

"爹爹！"梦凡扑进秉谦的怀里，脸上又是泪又是笑，"爹爹！我知道你会回家的！康勤说你失踪了，可是，我就知道你会回家的！娘哭，眉姨哭，哥哥哭……大家哭，我就是不哭，因为我知道你一定一定会回家的……"

清清脆脆的声音，叽叽呱呱地说着。

"还说呢！"九岁的梦华挺身而出，"不哭不哭？是谁半夜跪在祠堂里求爷爷奶奶保护呢？是谁跑到桦树林里去偷偷哭呢？"

"哥哥，"梦凡把埋在秉谦怀中的头抬起来，细着嗓音说，"你好讨厌哟！"大家笑了，康秉谦也笑了。

"来！梦华，梦凡，"康秉谦拉过自己的一儿一女，又拉过夏磊来，"这是你们的磊哥哥，他比你们两个大一点点，以后，你们就叫他磊哥哥！小磊！"他回头看夏磊："这是梦华和梦凡！"夏磊瞪着眼，一言不发地看着梦华和梦凡，这样漂亮的孩子，夏磊从来没有见过。梦华戴着小帽，脑后拖着辫子，唇红齿白。梦凡眉目如画，眼睛水汪汪的，梦凡是世界上最好看的女孩儿。"爹，"梦凡推推秉谦，"他怎么剪了辫子？"

"他一直住在东北的山上，他爹……没时间给他梳头，所以剪了辫子！"

"他爹呢？"梦凡急急问。

"他爹死了！他从此是咱们家的孩子了！"

"哦……"梦凡哦了一声，又拉长了细细的嗓音，一个字里，包含着几百种同情。"来！"秉谦抬头看着一大群的丫环仆佣，"你们大家听着，夏磊是我的义子，从此和梦华、梦凡平起平坐！你们来见过磊少爷！"丫环仆佣等惊讶、好奇地看着夏磊，往前一步，一字排开，全体跪下，"见过磊少爷！"夏磊大吃一惊，从没见过这等阵仗。他连退了两步，逼出一句话来："我不是少爷！"

"哦，爹爹，"梦凡小小声说，"原来他会说话！"

他瞪了梦凡一眼。搞了半天，你把我当哑巴不成？

"胡嬷嬷，"咏晴拿出女主人的气势，开始分派了，"你以后就侍候磊少爷！把清风轩那间大卧房收拾起来，给他住吧！至于衣裳，只好先穿梦华的，再让裁缝来做!现在,先带他去洗个澡吧!"

"是!"胡嬷嬷应声而出,去牵夏磊的手,"走吧!"

夏磊抽回了自己的手,非常僵硬地跟着胡嬷嬷而去。

那晚,夏磊坐在他那大卧房的炕床上,完全不想睡觉。柔软的床褥,绣花的被面,雕花的床沿、洁白的衣裤……一切一切,都太陌生了,太不真实了。连胡嬷嬷,那整洁清爽、面目慈祥的中年女佣,也是陌生的。

"磊少爷,想不想吃点儿什么呢?"胡嬷嬷柔声问。

"不!"

"那么,要不要看什么书呢?"

"不!"

"去花园里逛逛、玩玩呢?"

"不!"

胡嬷嬷没辙了。刚到康家的夏磊,似乎只会说"不"字。胡嬷嬷望着夏磊,两人大眼瞪小眼,不知道该怎么办才好。就在这时候,门口有声音在响,两人同时往门边看去。小梦凡站在门外,伸个头往里面偷看。

"哈!梦凡小姐!"胡嬷嬷找到了救星一般,"你来和磊哥哥聊聊天吧!他大概是想家,又不吃又不睡的,我拿他真没办法哟!"梦凡再伸头往里看,忽然间,她跨过门槛,小碎步地跑到了床边,很快地把手中一件软乎乎的东西往夏磊怀里塞去,说:"我把我的'奴奴'送给你!有了'奴奴',你就不会想家了,你可以和'奴奴'一起睡，把你心里的话，都说给他听！"

"奴奴？"夏磊诧异地看着手中毛绒绒、黑乎乎的东西，惊愕极了，"这是什么东西？"

"是狗熊娃娃呀！"

狗熊娃娃？听都没听过的词儿，太奇怪了。他瞪着手里的狗熊，原来城里的人，和假狗熊一起睡觉？太奇怪了！他抬眼看梦凡，梦凡满眼睛的笑，对那假狗熊投去不舍的一瞥。忽然间，他有些体会出来，她对这"奴奴"是多么珍惜难舍的。一句"我不要"已经到了嘴边，不知怎的竟咽回去了。伸手摸摸那充满"女孩子气"的玩具，居然也在那假狗熊身上，摸到了一些温暖。第二天早上，全家坐在康家餐厅里吃早饭。

夏磊面对满桌子的菜肴，再一次目瞪口呆。怎么可能呢？早餐就有木须肉？炸小丸子？还有热腾腾的包子、饺子、面饽饽、小窝窝头？和许多叫不出名目来的各色小点心！咏晴和心眉两位夫人，忙不迭地给夏磊碗里夹菜：

"尝尝这蒸饺，是香菇馅呢！"

"这是枣泥酥，甜的！"

"要不要来碗炸酱面，叫厨房里去下？"

"这葱油烙饼，要趁热吃！"

"怎么不吃呢？动筷子啊！"

"还有碗呢？端起碗来喝点粥呀！"

夏磊被动地拿起筷子，端起碗，望着碗里堆得像小山般的菜肴，忽然间思潮泉涌，喉中哽起了一个硬块。他"哐"地放下碗筷，跳起身来，拔腿就往屋外跑去。

"怎么了？怎么了？"咏晴不解地嚷着。

"让他去吧！"秉谦看了一眼胡嬷嬷，"让他到后面桦树林里去透透气吧！只有那儿，和他的东北有一点点像！"

夏磊奔进了桦树林。四顾无人。夏磊抬头看树，看天，看旷野，看旷野外的短松岗，和远处绵延不断的山峰。他再也压制不住自己激动的情绪，他放声狂叫："不要……不要……不要……不要……"

一面叫，一面奔跑，每碰到一棵树，就对那棵树拳打脚踢。他疯狂地奔窜，疯狂地大喊，最后，停在一棵巨大的桦树前面，他捶着树干，捶到拳头破了皮。

"不要……不要……不要……不要……"

"磊哥哥！你做什么？你吓死我了！"

夏磊一惊抬头，梦凡捧着一盘包子点心走进树林，被夏磊如此强烈的情绪发泄，吓得手一松，包子、馒头、蒸饺、窝窝头撒了一地。梦凡急急奔上前来，去拉夏磊的胳臂：

"你不要什么？你才不要呢！不要这样！不要捶那个树干，你看，你的手流血了！你……你为什么要这样子嘛？"

夏磊望着梦凡,十岁的孩子,再也藏不住满腔的伤痛,心里的话,不能不说了:"我不要这样啊,我不甘心啊!刚才,吃饭的时候,我只是想……我爹,从来没吃过那么好的菜……我很想,留下来给爹吃……"话哽在喉中,说不下去,泪,就夺眶而出了。

八岁的小梦凡呆呆地看着夏磊,似乎眼泪是有传染性的,她眼眶一红,泪水也滴了下来。

"可是……磊哥哥,"她轻声说,"我爹,他爱你,像你爹一样啊!"

说着,她就抓起夏磊流血的手,鼓着腮帮子,拼命对那伤口吹着气。从小,夏磊在山中奔奔跑跑,几乎经常受伤。但他从来不知道用嘴吹气可以止痛。但,小梦凡所吹的气,确实收到止痛的疗效——不止手上的伤,心口的伤也在内。

在以后的岁月中,夏磊常常回想,梦凡,大概就在他那懵懂的年纪里,就这样进驻了他的心灵。

第三章

　　夏磊和梦华的战争，是从一个陀螺开始的。

　　就像没见过玩具狗熊一样，夏磊从不认识陀螺。

　　刚到康家，要学习的事实在太多，要熟悉的人也实在太多。尽管康家上上下下待夏磊都好，但夏磊始终无法排除自我的孤独。他落落寡欢，不爱说话，不合群，也不做任何游戏。他为自己所设的那堵围墙，仍然关得紧紧的。

　　这天，夏磊站在花园里，看着远处的云和山发愣。忽然间，有个陀螺打到了他的脚边。他惊奇地看着那个旋转不停的东西，太奇怪了！自从到康家，奇怪的东西真不少。

　　"嗨！"梦华兴高采烈地抓起陀螺，"我们来比赛好不好？"

"这是什么？"

"陀螺！"梦华大声说，"你连陀螺都没有见过吗？"梦华脸上，不由自主地，浮起轻蔑的表情。

"借我看看！"夏磊拿过陀螺，开始上下翻找，想找出会转的理由。木制的陀螺构造简单，翻来覆去看不出名堂。

"你到底要玩还是不要玩？"梦华不耐烦地说，一把抢回了陀螺，"我玩给你看！"梦华用绳子绕在陀螺上，一甩，陀螺在地上不停地旋转，煞是好看。夏磊呆住了。

"这样就会转？里面有机关吗？为什么会转？"

"因为有鞭子呀！呆瓜！"

梦华开始抽打陀螺，每当陀螺快倒下，鞭子就抽下去，陀螺又继续旋转。太奇怪了，真是太奇怪了。

"借我试一下！"夏磊拿起绳子和陀螺，依样葫芦，一甩之下，陀螺落在老远的台阶上，跳了跳，就躺下了。夏磊太不服气了，拾起陀螺，再绕，再甩，陀螺飞上屋檐，落下来，又躺下了。夏磊执拗起来，心浮气躁地拾起陀螺，又要绕。

"喂喂！"梦华生气了，"那陀螺是我的呐，还给我！又不肯比赛，又霸占别人的陀螺！"

夏磊已经和那个陀螺铆上了，根本听不见梦华的吼声。他兀自绕着甩着，陀螺满花园滚着。

"还我！还我！"梦华满花园追着陀螺，奈何夏磊手脚灵活，总是抢先一步拾起陀螺。梦华这一下气炸了，开始去抢鞭子，夏磊高举双手，继续绕着陀螺，就是不让梦华得手。梦华一怒之下，对着夏磊的肚子，就一拳打去。"笨蛋！不会玩还抢人家的东西！笨蛋！野人！蛮子！"

夏磊一怔，不明所以地看着梦华。梦华越想越气，又对着夏磊一脚踢去。"你走！你走！你不要来我家！我们家不要你！"

夏磊负伤地瞪视着梦华，把绳子陀螺全丢在地上。梦华去捡陀螺，正好夏磊拔脚走开，两人一撞，梦华站不稳，一脚踩在陀螺上，就摔了个四脚朝天。"哇！"梦华何曾受过这种气，放声就哭。"你抢我的陀螺，你还打我！哇！"他高声哭叫起来，"磊哥哥打人……哇……磊哥哥是强盗土匪，哇……"

这一哭不打紧，咏晴身边的两个丫头银妞、翠妞，秉谦的姨太太心眉，还有梦凡和胡嬷嬷，都冲了过来，扶小少爷的扶小少爷，拍灰的拍灰，擦眼泪的擦眼泪……心眉看着夏磊，一脸的不可思议，收养的孩子居然敢对小少爷动武？

"小磊，你怎么可以打梦华呢？他是咱们家的小祖宗呢！来来来，拉把手，讲和吧！"

"呜哇……哇……"梦华哭得更大声，"我不要跟他讲和！他是野人！我讨厌他！他不会玩陀螺，又要抢人家的陀螺！我讨厌他！"夏磊惊怔地看着梦华，心里沉甸甸地压上了什么，只觉得无聊已极。他看着地上那个陀螺，走过去，他一脚对陀螺踢去，陀螺飞进了康秉谦的书房，"哐啷"一声，不知道把什么东西打碎了。他回过身子，看到呆若木鸡的梦凡，和满脸惊慌的胡嬷嬷。"哎哟！磊少爷！你有话好好说啊！这下可闯祸了！"胡嬷嬷直搓着手，"砸坏了老爷的古董，你可怎么好？"

正说着，康秉谦已手持陀螺，怒冲冲地走出房。

"谁把陀螺扔进房里来的，是谁？"康秉谦怒吼着。

大家都呆呆站着，只有梦华精神抖擞地指着夏磊：

"是他！是他！他一脚把陀螺踢进去的！"

"你用脚踢陀螺？"康秉谦困惑极了，大感不解。转而一想，明白过来，声音立刻柔和了："你不知道陀螺是要用绳子抽的，是不是？你以为是用脚来踢的，是不是？"

"不是！不是！"梦华叫着嚷着，"他学不会，学来学去学不会！他故意用脚去踢！他故意的！"

"是吗？"康秉谦看着夏磊，"你故意的？"

夏磊发现人人都瞪着自己，好像自己是个怪兽似的。他忽然生出极大的愤怒来。"是的！我故意的！我就是要用脚踢！"他一仰下巴，在众人的惊愕注视下，转身就走。我回东北去！他想。我回到小木屋去！那儿没有轻视的眼光，没有种种的规矩，没有责难的声音，也没有人骂他土匪、强盗、小野人……

他并没有走成。东北在什么方向,他实在搞不清楚,要从大门出去,还是后门出去,他也搞不清楚。来的时候又是车又是马,还走了一个多月,回去要走多久?他太没把握了。何况,那晚,梦凡拿了一个陀螺,一根绳子,走进他的房间。

"我把我的陀螺送给你!"她绽放着一脸的笑,"你只要常常练习,陀螺就会一直转一直转的……"

他对陀螺太好奇了。他无心计划回东北了。接下来的日子,他忙不迭地偷偷练习。真的,陀螺会一直转一直转。梦凡给他的那个陀螺,漆着红白相间的条纹,顶上还有朵小蓝花,转起来真是好看极了。

夏磊和梦华的第二次冲突,起因是追风。

追风如今已是一匹壮硕的大马了,载着夏磊和梦凡两人,都能在旷野、树林、草原和山丘上飞驰。终有一天,追风也能载着夏磊,直奔那"天之外"去吧!但是,当年,追风初来康家,却是一匹只有梦凡那么点儿高的小马。

"磊少爷!磊少爷!"胡嬷嬷上气不接下气地嚷着,"快去后院里瞧瞧去,老爷买了一匹小马来送给你呀!"

"小马?"夏磊不信任地张大了眼睛,"小马?"他大声问着,拔脚就直冲向后院。真的!一匹红褐色的小马,正在后院里吃着干草。康秉谦在对康勤康忠交代养马之道,梦凡梦华全兴奋得涨红了脸,喘着气在旁边又跳又叫:"爹!你真伟大,你怎么想起买小马!"梦凡又拍手又笑又蹦:"是活的小马呐,不是玩具呐!"

"爹!有没有马鞍呢?我现在就骑可不可以呢?"梦华过去拍抚马的鬃毛,兴冲冲地问。

"别闹别叫!"康秉谦的眼光扫向三个孩子,落在脚步踌躇的夏磊脸上,"这匹小马是我买给小磊的,你们两个要骑,一定要得到小磊的同意!"秉谦走过去,把夏磊推到小马旁边。"瞧!这是你的小马,以后,想家的时候,就骑着小马,到桦树林里去走走,到后面山上去跑跑,最远,不要越过'望夫崖'!"夏磊目不转睛地瞪视着那匹小马。看到小马那温驯的黑眼珠,又闻到小马身上那种熟悉的干草和牲口的气息,他觉得自己整颗心都热烘烘的,在胸腔里膨胀起来。他真想拥抱康秉谦呀,他真想高声喊出自己的狂喜呀!但他仍然不习惯在人前表达感情,压制了要欢呼的冲动,他只是讷讷地、呼吸急促地、不太相信地问:

"是……给我的?真的,是,给我的?"

"是呀是呀!"康秉谦说,"你爹告诉过我,你们以前有一匹很漂亮的马……"

"它的名字叫追风!"夏磊接口,"它跑得和风一样快!可是,它后来好老好老,生病死掉了!"

"现在,你又有一匹追风了!"康秉谦柔声说,抬头看康勤:"康勤,给它把马鞍鞴上!"

"是!"康勤忙着去鞴马鞍,"磊少爷,赶快来骑骑看!"

夏磊还来不及从兴奋中醒觉,梦华已一冲上前,拦住了马,大声地嚷了起来:"爹!你偏心!为什么把小马送给磊哥哥?我要小马!爹!你送给我!磊哥哥如果要骑,先要得到我的同意!我要小马!我一定要!"

"不行!"康秉谦严肃地看着儿子,"你从小,要什么有什么,吃的、玩的,你件件不少!小磊……他什么都没有,难得……找到一件他喜欢的东西……"

"不不不!"梦华任性地跺着脚,"我什么都不要!我只要小马!我把我的东西统统送给他,我全不要了,就要这匹小马……"

"胡闹!"康秉谦有些生气了。"我说给小磊的就给小磊,谁都不许再多说一句!"他瞪着梦华,"从今以后,你要学着兄友弟恭!不能如此霸道!"

"爹!你偏心!你偏心!"梦华大喊大叫。

"我看,不是我偏心,是你被宠得无法无天了!"康秉谦气冲冲地说,拂袖而去。"好了好了,梦华少爷,"康勤息事宁人地笑着,"咱们跟磊少爷打个商量,大家轮流骑,好不好?"

"我不要!"梦华恨恨地怒瞪着夏磊,双手握着拳,"你这个小野人,你为什么不回你的东北去!"

"哥哥!"梦凡惊呼着,"爹说过,不可以叫磊哥哥是小野人，不可以骂他，爹说过，我们三个要相亲相爱的！你怎么又骂人了？"

"我就骂！我就骂他！"梦华对着夏磊大吼，"小野人！小野人！小野人！小野人……"他一连串叫了几十声小野人。

"哥哥！"梦凡太难过了，眼圈就红了，"你怎么这个样子？你再骂人，我就和你……绝交！"

"绝交就绝交！"梦华喊着，"以后不跟你们一国了！我找天白和天蓝去！"嚷完，梦华一掉头，跑走了。

天白和天蓝，这是康家经常提在嘴上的名字，夏磊来康家没几天，已经听到好些人提过这名字，但他无心去注意这个，追风带来的兴奋太大了，大得连梦华给他的屈辱，都变得微不足道了。他迫不及待地就上了马背，熟悉地控着马缰，他绕着后院小跑了一阵。

"康勤，"他央告着，"打开后门，让我们去旷野里走一走！"

"这……不大好吧？"康勤有些犹豫。

"爹说可以的！"梦凡热烈地说，"爹说，只要不越过望夫崖，就可以的！"

"好吧！"康勤笑了，"没办法，我陪你们去吧！"

夏磊太快乐了。他对着梦凡一笑。

"你也上马吧！坐在我前面，我会保护你，不会让你摔跤的！"梦凡眨了眨眼睛，很迷惑地看着夏磊，然后，她掉过头去，对康勤小声地说："康勤，原来他……他'会笑'呐！"

康勤听了，忍不住要笑。夏磊瞪着梦凡："傻瓜，原来你以为我不会笑？"他鼓着腮帮子，想装出一副严肃的样子来，却"噗"地笑出声。梦凡一见如此，也呵呵笑了起来。

康勤把梦凡扶上了马背，去打开了后门。夏磊一拉马缰，就这样奔驰进桦树林，又奔驰进旷野，奔驰在北方那耀眼的阳光下了。

第四章

一连好几天,夏磊和梦凡骑着马在原野里奔跑。起先,康勤总是跟着,后来,看到小马十分温驯,夏磊的技术又非常高明,也就放了心。两个孩子,在没有大人的监视下,胆量就大了起来,马蹄奔驰的范围,也越来越广。

桦树林和旷野,是非常熟悉的。湖畔和短松岗,也都探险过了。杏树林和枫树林,都不够深幽。南边的小径直通北京大马路,当然不好玩。西边的岩石区,却充满了原始的奇趣……这天午后,他们终于停在望夫崖下。

把追风系在林中,两人站在耸立的巨崖之下,抬头望着那高不可攀的巨石,两人都感到前所未有的震撼。

"这大概就是望夫崖了。"梦凡小声说。

夏磊抬着头,仰望那巨崖的顶端,那儿,又凸出另一块石头，远远望去，像一个女人的头像。夏磊开始绕着这巨崖的底部走，拨开深草和荆棘，找寻登崖的途径。

"你要做什么？"梦凡问。

"爬上去看看！"

"不可以呀！"梦凡大惊，"胡嬷嬷说，望夫崖上面有鬼呀！"她害怕地扯着夏磊的衣袖："咱们走吧！"

"鬼？"夏磊继续绕着岩找寻，"我爹说，世界上根本没有鬼！"

"有的有的！"小梦凡拼命点头，拼命咽着气，"银妞说，望夫崖上有个女鬼，常常把人从崖上面推下去！所以，不可以上崖！"夏磊所有的好奇心都被勾了起来。

"这样啊？"他怀疑地问，"我更要上去看看，那女鬼长得什么样子！"他找着找着，终于找到岩壁上的几个凹洞，显然是别人登岩时留下的。他兴致大增，手脚并用，就开始爬岩。一面爬，一面对梦凡喊着："你在下面等我，我上去看看，很快就下来！"

小梦凡四面张望，旷野寂寂无人，巨崖在地上投下一个巨无霸似的阴影，看来狰狞可怖。梦凡恐惧地大叫了一声：

"不！我不敢一个人在下面！我跟你一起上去！"

说着，梦凡忙不迭地也手脚并用，循着夏磊的足迹，往上面爬。从来没爬过崖，平常，连家里的梯子都不敢爬，梦凡才上了两级，已经手脚全发起抖来：

"等等我！等等我！"她喊着。

夏磊回头一看。"慢慢走！不要怕！"他鼓励着。"其实，一点儿也不难，来，手给我，我拉你一把！"梦凡仰着脸，小心翼翼地要腾出一只手给夏磊，两条腿抖得更加厉害，心里怕得要死。手才腾出来，身子就无法平衡，脚一个站不牢，直往下滑去。她尖声大叫：

"磊哥哥！"夏磊直冲下崖，去扶住梦凡。梦凡站定，脸色吓得雪白雪白，乌黑的眼珠睁得好大好大。其实，两人都没爬上去多少。"你摔着了没有？摔伤了没有？"夏磊忙问。

"没有！"梦凡拍着自己满衣服的灰尘，"可是，我吓死了！"她喜欢用"可是"两个字，从小，这两个字就是她的口头语。

夏磊抬头看看那崖，没爬上去，实在太遗憾了。

"下次等我一个人的时候，我再来爬！"他下决心地说。此崖，是无论如何要上去的。"我们回去吧！"

回到家里，胡嬷嬷一看到两人这一身泥，就吓了一跳。等到知道两人去爬望夫崖，就更是三魂少了两魂半。把两个孩子，拉到井边去梳洗一番，她斩钉截铁地说：

"不可以！以后绝不可以再爬了，那是个不吉祥的地方呀！有好多传说呀！"

"不吉祥？"夏磊更好奇了，"为什么不吉祥？有什么传说呢？"

"传说……传说很久很久以前,有个妇人在那山头上望她的丈夫回家,她望了好久好久,丈夫都没有回来,日子一久,她就化成一块石头了,就站在那崖上!"

两个孩子有点儿迷糊,可是觉得这故事挺好听的。

"后来,更可怕的是,有很多情人都选那个地方殉情,还有些女人,失去了丈夫,或者有什么不如意,就会爬到那崖上去寻个了断!"

"殉情?什么是殉情?"梦凡问,"什么是了断?"

"就是想不开,往崖下面'啪'地跳下去!"

"跳?"夏磊佩服得五体投地,"这么厉害?"

"厉害?"胡嬷嬷瞪了夏磊一眼,"撞到地上就死翘翘了!历年以来,跳崖的人就没一个被救活!所以啊,那个地方全是孤魂野鬼呀!你们两个给我记着,再也不许去爬那个望夫崖!"

夏磊听着,觉得那高耸入云的望夫崖,更加地神秘,更加有种不可思议的吸引力了。

总有一天,他会爬上去的。他非常确信这一点。

还没等到他再爬望夫崖,他就离开康家,毅然出走了。

事情的经过是这样的:

那天一早,夏磊像往常般去马厩刷马,一到马厩,就发现,追风不见了。这一惊非同小可,他喊着,叫着,满后院找着,康家的几个忠仆,康勤、康忠、康福、老李全出动了,帮忙找小马。后门闩得好好的,边门也闩得好好的,大门也闩得好好的……追风就是这样不翼而飞。

"追风不见了!追风不见了!追风不见了!"夏磊哭着,叫着,好几重的院落,他一重重地奔来奔去,悲切万状。康秉谦、咏晴、心眉、银妞、翠妞、胡嬷嬷、小梦凡……全跟着一起乱。只有梦华,站在花园当中的大槐树下,背着双手,好整以暇地说:"追风走了,已经走到好远好远的地方去了,不会回来了!"

"你怎么知道?"康秉谦惊问着。

"因为是我把它放走的!"梦华不慌不忙地说,"昨天半夜里,我就打开后门,把它赶到树林里,它起先不肯走,我就一直吼它,骂它……它后来就飞快地跑掉了!"

"什么?"康秉谦大叫,"你放掉它?你为什么这样做?"

"因为我恨死那个小野人了!"梦华坦率地挺着胸膛,"凭什么他有小马,我没有小马?"

"你……"康秉谦气得浑身发抖,话都说不出来,"你……这个混账东西!"他终于大吼出声,冲过去,一把抓起了梦华,往大厅里拖去:"康忠,给我拿家法来!我不好好教训他,我今天就不姓康!"

"老爷呀!手下留情呀!"咏晴悲呼着,"他年纪小,不懂事呀……"

"是啊！是啊！"心眉也跑过去，扯康秉谦的衣袖，"咱们家就这么一个男丁呀，别打坏了他……"

"老爷啊，息怒呀！"银妞喊。

"老爷啊，千万别动家法啊……"

一时间，喊声、叫声、求声、梦华的哭声、康秉谦的责骂声……乱成了一团，全体的人都拥进了大厅。接着，鞭打的声音重重地传出来，梦华尖声地哭叫，康秉谦狂怒地吼骂：

"你这样不仁不义，没有爱心，没有仁慈……我简直白养了你，白疼了你！我打死你……"

"娘！娘！娘！"梦华哭得上气不接下气，"救我！救我！娘！痛死了！娘……"

"秉谦啊！"咏晴逼急了，流着泪喊出一句，"为了别人家的孩子，你硬要打死自己的孩子吗？"

夏磊看着，听着，心中乱糟糟地痛楚着。他抬头看那雕梁画栋的楼台亭阁，低头再看那花团锦簇的重重庭院，感到这一切一切，都不是自己的。自己的世界，在东北的荒漠上，在东北的雪原里。那天的纷乱，终于平息。梦华挨了一顿打，全世界的人都去安慰梦华。康秉谦去祠堂里，对着祖宗牌位生气。夏磊独自打开后门，去树林里，旷野里，呼唤着追风的名字：

"追风！你在哪里？追风！你回来哦！追风！追风！追风！你在哪里？"他把手圈在嘴上，极力呼唤。唤了片刻，觉得有人追随着自己，他回头一看，小梦凡屏着气站在他身后，用手指着前面的枫树林："磊……磊……磊哥哥，"她快乐地颤抖起来："它来了！追风，它，它，它回来了！"

他顺着她指的方向看过去，果然，追风正扬着四蹄，缓缓奔来，它那漂亮的马尾，在风中平举，马尾的毛，在阳光中闪耀着千丝万丝的光芒！太美了！他的追风！太美了！他狂喜地奔过去，狂喜地抱住了追风的头，狂喜地把面孔埋在追风的鬃毛里，狂喜地喃喃呼唤：

"追风，哦，追风！追风！追风……"

小梦凡站在旁边，不知怎的，竟流了一脸的泪。

追风找回来了，梦华也受过了处罚，一场风波，应该就此为止。可是，午夜梦回，夏磊坐在床沿上呆呆地想，毕竟自己不是康家的孩子，毕竟是个小野人！回东北去！他的念头又强烈地滋生了；现在有追风了！骑上追风，走啊走啊走……总有一天，会走到东北的！他悄悄起身，找着要带的东西，把父亲留下的笛子系在腰间，梦凡送的陀螺塞入口袋，够了！其他都不是自己的东西。他留了一张条子，写着：

"干爹，谢谢你给我的小马。你的家很好，可是，不是我的家，我走了！"

打开后门，骑上追风，他真的走了。

第五章

在夏磊童年的记忆中,这一趟"出走",实在不太好玩儿。

东北,应该在东边偏北,夏磊从小受过方向的训练,所以,他选了东边偏北的方向。这个方向有小河,涉过小河,是大片的杂树林,越过杂树林,是一片荒烟乱草。夏磊骑着追风,在草长及膝的荆棘丛中,走得好不辛苦。似乎走了一百年,也没走出这片乱草。夏磊的衣服划破了,手臂上,腿上,全被荆棘刺出血痕。太阳越来越大,然后就往西方坠落。他饥肠辘辘,饿得头晕眼花。而追风,却越来越不合作了。

记忆中,他最初是骑着追风走,然后追风不肯走了,他只好下马,搂着追风走。走了一段,追风又不肯走了,他只好拉着追风走,拉了一段,那追风开始和他拔河,随便他怎么拉，它就是站在草丛中动也不动。

"追风！"夏磊气喘吁吁地站着，满头满脸，又是泥又是汗又是杂草，"我知道你很累了，我也很累了！你还有草吃，已经比我强了！我现在饿得肚子叽里咕噜叫，你知不知道？我拉不动你了，请你自己抬起脚来，上路吧！我们这样走走停停，走到东北，要走几年呢？追风！求求你，快走吧！"

追风一抬头，昂首长嘶，好像在抗议什么。四只脚赖在地上，没一只肯动。夏磊没辙了，开始去推马屁股，推了半天也推不动，夏磊一气，双手握着拳，冲到马鼻子前去大吼大叫："你跟我要个性啊？闹脾气啊？你喜欢康家马厩里的干草堆，是不是？我也喜欢啊！可是，那是人家康家的地方，康家的草堆啊！你属于山野，我也是啊！走啊！追风！你不要让我瞧不起你啊……"追风又昂首长嘶了一声，忽然间，在夏磊措手不及之下，撒开四蹄，说跑就跑，速度之快，如箭离弦。就这么冲出去了。夏磊大惊失色，追着马儿就跑，边跑边嚷：

"你想累死我！追风，你等等我呀！你有四条腿，我只有两条腿呀……"追风充耳不闻，只是往前狂奔。夏磊什么都顾不得了。草啦、树啦、石头啦、藤啦、荆棘啦……全顾不到了，一脚高一脚低地追着马狂跑。追出了这片荒草，追进了一片大松林，追出了松林，眼前忽然出现一条石板路，追风"踢嗒踢嗒"沿着石板路跑得潇洒之至，夏磊埋着头追得辛苦。就在这时，一阵马蹄杂沓之声，还有人声呐喊，追风又不知为何急声长鸣，夏磊一惊抬头，忽然看见一辆好大的马车，由两匹大马驾着，迎面撞了过来。夏磊这一惊非同小可，他大喊着说："追风！小心呀！"追风毕竟是匹马儿，就那样一跃一闪，已经飞身躲过。而夏磊，却一头撞在马车车轴上，在许多人的惊呼尖叫中，摔倒在地，失去了知觉。夏磊大约只昏过去一盏茶的时间，就清醒了过来。睁开眼睛，发现自己躺在马车里，车中，有一个雍容华贵的女人和一位气宇轩昂的男子，正焦灼地研究着自己。在他们身边，有个五六岁的小女孩儿和一个和自己差不多大的男孩子。"娘！娘！"小女孩儿嚷着，"他的头在流血，他死了？是不是？他死了！"

"别叫别叫！"男孩子说，"他没死！他醒了！"

"哎哟！真的醒了！大概没事，"那女人着急地俯着身子，摸他的头发，用小手绢去擦拭那伤口，"快快！"她回头说："千里，咱们赶快走，要车夫赶快一点儿，不管是谁家的孩子，我们先到了康家再说！"

"对！"那男子应着，"到了康家，秉谦兄和康勤都通医理，可以先给他治疗一下！"他伸头就对车外喊：

"阿强！快赶车！小心点儿别再撞着人！"

"是！"车子辘辘而动。夏磊惊愕极了，怎么，走了一整天，现在又要被带回康家了？难道自己根本没离开康家的范围吗？难道追风的脚程那么慢？追风！一想到追风，他全慌了，赶紧抬起身子，他直往车窗外看：

"追……风！"他衰弱地喊着，头上好痛，手臂也痛，才支起身子，就又跌回车垫里，"追风！"他呻吟着："追风……"

"停车！停车！"那男孩子大声喊。

车子戛然而停，男孩急忙对他俯过来：

"你说什么？"他问，"追……风？"

"追风？"男孩侧着头想了想，又对车窗外望去，忽然一击掌，恍然大悟地说："你的马？"

"对！"

"小马？棕红色的小马！"男孩再一击掌，"它的名字叫追风！"

"对……"

"你放心！我去帮你把它追回来！它现在正在大树底下吃草哩！看起来好像饿了几百年似的……"

男孩一边说，一边打开车门，就跳下车去。车中的男人女人齐声大叫："天白！小心一点儿！"夏磊再支起身子，往车窗外看去，正好看到男孩牵着追风，走回车子，那追风现在可乖极了。男孩抬头，看到夏磊在看，就冲着夏磊一笑。把追风系在马车后面，男孩跳回了车上："好了！我把你的追风拴好了！"他注视着夏磊，眼光清朗澄澈："我的名字叫楚天白，这是我妹妹楚天蓝，你呢？"

原来这就是天白、天蓝！夏磊睁大眼睛，望着楚天白——

那满面春风，眉清目秀的男孩子，觉得友谊已经从自己心中滋生出来。他点点头，应着：

"我叫夏磊！"

"夏磊？"车里的男子一怔，说，"这可是撞到自家人了！夏磊，不是秉谦从东北带回来的义子吗？"他凝视着夏磊："我是你楚伯伯，这是你楚伯母呀！你怎么会……追着小马满山跑呀？"怎么会？说三天三夜都说不完呢！夏磊不语，天白仍然对着他笑。天白，楚天白，他几乎可以肯定，这个男孩会是他的朋友了！他没有估错，以后，在他的生命中，楚天白始终占着那么巨大的位置，是任何人都无法替代的。

那天回到家里，康家是一团乱。秉谦夫妇顾不得招待楚家夫妇，就忙着给夏磊诊治疗伤。梦凡一见到夏磊那副狼狈的样子，就哭了起来："你看你把自己弄成这样！又流血，又脏，又撕破了衣服……你害我们漫山遍野找了一整天……你好坏啊！为什么要回东北嘛？那个东北，不是又有强盗，又有狼，又有老虎吗？你为什么一定要回去？我爹不是已经做了你的干爹吗？我娘不是已经做了你的干娘吗？为什么我们家会赶不上你的东北呢？……"小梦凡哭哭说说，又生气又悲痛，那表情，

39

那眼泪，对年幼的夏磊来说，都是崭新的、陌生的，却是令人心怀悸动的。梦凡，小梦凡，就这样点点滴滴地进驻于夏磊的心。只是，当年，他并不明了这对他以后的岁月，有什么影响。

天白、天蓝围在床边，看康勤给夏磊包扎伤口，秉谦夫妇、千里夫妇、心眉、胡嬷嬷、银妞、翠妞……全挤在夏磊那小小的卧房里。夏磊十分震动，原来自己的出走和受伤会引起这么大的波澜，显然，自己在康家并非等闲之辈！他睁大眼睛，注视着满屋子焦灼的脸，听着一句句责难而又怜惜的声音，心里越来越热腾腾地充斥着感情了。然后，最令他震动的一件事发生了。梦华忽然钻进人缝中，直冲到他床边来，在他手中，塞了一个竹筒子：

"喏！这个给你！"梦华大声说。

夏磊惊愕地看看竹筒，诧异极了。

"这是什么？"

"蛐蛐儿罐呀！"梦华热心地说，"你要去抓了蛐蛐儿来，好好训练！你瞧，天白、天蓝来了，咱们在一起，最爱玩斗蛐蛐儿了，你没有蛐蛐儿怎么办？罐子我送你，蛐蛐儿要你自己去抓！"

"蛐蛐儿？"夏磊瞪着眼，"蛐蛐儿是什么？"

"天啊！"梦华叹气，"你连蛐蛐儿是什么都不知道？蛐蛐儿就是蟋蟀啊！"

"怎么？"天白实在按捺不住好奇，问夏磊，"你那个东北，没有蛐蛐儿吗？"

"那……"小天蓝急急插嘴，"东北有东西吃吗？有树吗？有月亮吗？……"夏磊实在忍不住了，见天蓝一股天真样儿，他扑哧一声笑了。他这一笑不打紧，梦凡、梦华、天白、天蓝全笑了。五个孩子一旦笑开了，就不知道为什么这么好笑，居然笑来笑去笑不停了。"这下好了！"康秉谦看着笑成一堆的孩子，"我可以放心了。他们五个，会一起长大，情同手足的！"

是的，这五个孩子，就这样成了朋友。梦华的敌意既除，对夏磊也就认同了。夏磊的童年，从来康家之后，就不是一个人的，而是五个人的。当秉谦为牧云在祠堂里设了牌位，都是五个孩子一起去磕头的。夏磊给他的亲爹磕头，其他四个孩子给"夏叔叔"磕头。其他四个，虽没有夏磊那样强烈的追思之情，却也都是郑重而虔诚的。

接下来，五个孩子在一起比赛陀螺、斗蛐蛐儿、骑追风……夏磊成了陀螺的高手，谁也打不过他。斗蟋蟀也是，因为夏磊总有本事找到貌不惊人，却强悍无比的蟋蟀。至于骑追风，更是理所当然，没有人能赶上夏磊。一个能力强的孩子，往往会成为其他孩子的领导，夏磊就这样成为"五小"的中心人物。那一阵子，大家跟着夏磊去桦树林、去旷野、去河边、去望夫崖下捉鬼……

夏磊的冷漠与孤傲，都逐渐消失。只有，只有在大人们悄悄私语的时候：

"女孩子一天到晚跟着男孩子混，不太好吧？"胡嬷嬷问眉姨娘，"我看老爷太太都不在乎！"

"还小呢，懂什么！"眉姨娘接口，"反正，天白是咱们家女婿，天蓝又是咱们家的媳妇，楚家老爷和太太的意思是……从小就培养培养感情，不要故意弄得拘拘束束的，反而不好！"

女婿、媳妇！又是好新鲜的词儿，听不懂。但是，楚家和康家的大人们，是经常把这两个词儿挂在嘴上的。

"眉姨，"有一天，他忍不住去问心眉，"什么是媳妇儿？什么是女婿？"

"哦！"心眉怔了怔，就醒悟过来："你不了解康家和楚家的关系是不是？咱们叫做'亲家'！这就是说，天白和梦凡是定了亲的，天蓝和梦华也是！"

"定了亲要做什么？"他仰着头问。

"傻小子！"心眉笑了，"定了亲是要做夫妻的！"

"所以，"胡嬷嬷赶快机会教育，"你和梦凡小姐、天蓝小姐都不能太热乎，要疏远点儿才好！"

为什么呢？夏磊颇为迷惑。但是，他很快就把这问题置之脑后，本来，和女孩子玩绝对赶不上和男孩子玩有趣。那时候，他和天白赛马、赛陀螺、赛蟋蟀赛得真过瘾，两人年龄相近旗鼓相当，友谊一天比一天深切。

有时，夏磊会坐在孩子们中间，谈他在东北爬山采药打猎的生活，众小孩听得津津有味。这样，有天，夏磊谈起康秉谦和父亲结识的经过，谈到两人在雪地中义结金兰，天白不禁心向往之。带着无限景仰的神情，他对夏磊说："我们两个，也结拜为兄弟如何？"

这件事好玩儿，其他三个孩子鼓掌附议。于是，夏磊把当日结拜的词写下来，孩子们在旷野中摆上香案，供上素果，燃上香。夏磊和天白，各持一束香，严肃而虔诚地并肩而立，梦华、天蓝、梦凡拿着台词旁观。

"我——夏磊！"

"我——楚天白！"

"皇天在上！"

"后土在下！"

"梦华、梦凡为证！"

"小天蓝也作证！"

"在此拜为兄弟！"

"义结金兰！"

"从此肝胆相照，忠烈对待！"

"至死不渝，永生无悔！"

两人背诵完毕，拜天拜地，将香束插进香炉，两人再拜倒于地，恭敬地对天地磕头。

拜完了，两人站起身。天蓝、梦凡、梦华一起鼓掌，都围了过来。天白赶紧问梦凡：

"我刚刚都背对了没有?"

"都对了,一个字不差!"梦凡点着头。

夏磊对天白伸出手去,郑重地说:

"从今以后,你就是我的兄弟了!"

天白紧紧握住夏磊的手,一脸的感动。其他三个孩子,都震慑在这种虔诚的情绪之下,一时之间,谁都说不出话来。爱哭的小梦凡,眼里居然又闪出了泪光。

这一拜,就是一辈子的事。夏磊深深地凝视天白,全心震动。他不再孤独,他有兄弟了。

从此,天白是夏磊的兄弟,他们共同分享童年的种种。但是,望夫崖上面那块窄窄险险的小天地,却是夏磊和梦凡两人的。那一天,天白和天蓝跟着父母回家了。夏磊独自一人,骑着追风来到望夫崖下面。很难得,身边没有跟着碍事的人,夏磊就开始仔细研究登崖的方法。这样一研究就有挺大发现,原来在那荆棘、藤蔓和野草的覆盖下,有一个又一个的小凹洞,一直延伸到崖顶。显然以前早就有人攀登过,而且留下了阶梯。夏磊这下子太快乐了,他找来一块尖锐的石片,就把那小凹洞的杂草污泥一起挖掉,自己也一级一级,手脚并用地攀上了望夫崖的顶端。

终于爬上了望夫崖!

夏磊迎风而立,四面张望,桦树林、旷野、短松岗和那绵延不断的山丘,都在眼底。放眼看去,地看不到边,天也看不到边。抬起头来,云似乎伸手就可以采到,他太高兴了,高兴地放声大叫了:

"哟嗬!哟嗬!哟——嗬……"

他的声音,绵延不断地传了出去,似乎一直扩散到天的尽头。

他叫够了,这才回身研究脚下的山崖。那巨崖上,果然有另一块凸起的石头,高耸入云。是不是一个女人变的,就不敢肯定了。那石头太大了,似乎没有这么巨大的女人。或者,在几千几万年前,人类比现在高大吧!石崖上光秃秃的,其实并没有什么"险"可"探"。有个小石洞,夏磊用树枝戳了戳,"啾"的一声,一条四脚蛇蹿出来,飞快地跑走了。

他背倚着那"女人",在崖上坐了下来,抬头四望,心旷神怡。于是,他取下腰际的笛子,开始吹起笛子来。

吹着吹着,也不知道吹了多久。他忽然听到梦凡的声音,从山崖的半腰传了上来:

"磊哥哥,我也上来了!"

什么?他吓了好大一跳,直冒冷汗,慌忙扑到崖边一看,果然,梦凡踩着那小凹洞,正危危险险地往上爬。夏磊吓得大气都不敢出,生怕一出声,让梦凡分了心跌下去。他提心吊胆,看着梦凡一步步爬上来。

终于,梦凡上了最后一级,夏磊慌忙伸出手去。

"拉住我的手,小心!"

梦凡握住了夏磊的手,夏磊一用力,梦凡上了崖顶。

"哇!"梦凡喜悦地大叫了起来:"我们上来了!我们上了望夫崖!哇!好伟大!哇!好高兴啊!"她叫完了,忽然害怕起来。笑容一收,四面看看,伸手去扯夏磊的衣袖,声音变得小小的,细细的:

"这上面有什么东西?你有没有看到什么东西?"

"有蛇,有四只脚的蛇!"

"四只脚的蛇呀!"梦凡缩着脖子,不胜畏怯,"有多长?有多大?会不会咬人?在哪里?在哪里?"

"别怕别怕!"他很英勇地护住她,"你贴着这块大石头站,别站在崖石边上!那四脚蛇啊,只有这么一点点长。"他做了个蛇爬行状的手势:"啾……好快,就这么跑走了!现在已经不见了!"

"那么,鬼呢?有没有看到鬼?"

"没见着。"

"如果鬼来了怎么办呢?"

"那……"夏磊想想,举起手中笛子,"我就吹笛子给他听!"梦凡抬头看夏磊,满眼都是崇拜。

"你一点儿都不怕呀?"她问。

"怕什么,望夫崖都能征服,就没什么不能征服的!"

"什么是'征服'?"梦凡困惑地问。

"那是我爹常用的词儿。我们在东北的时候,常常要

'征服',征服风雪,征服野兽,征服饥饿,征服山峰,反正,越困难的事,越做不到的事,就要去'征服'!"

小梦凡更加糊涂了。"可是,到底什么东西是'征服'?"她硬是要问个清楚明白。"这个……这个……"夏磊抓头发抓耳朵,又抓脖子,"征服就是……就是……就是胜利!就是快乐!"他总算想出差不多的意思,就得意地大声说出来。

"哇!原来征服就是胜利和快乐啊!"梦凡更加崇拜地看着夏磊。然后,就对着崖下那绵邈无尽的大地,振臂高呼起来:"望夫崖万岁!征服万岁!夏磊万岁!胜利万岁!"

夏磊再用手抓抓后脑勺,觉得这句"夏磊万岁"实在中听极了,受用极了。而且,小梦凡笑得那么灿烂,这笑容也实在是好看极了。在他那年幼的心灵里,初次体会出人类本能的"虚荣"。梦凡欢呼既毕,问题又来了:

"那个女人呢?你有没有看到那个女人?"

"什么女人?"

"变石头的那个女人?"

"这就是了!"夏磊拍拍身后的巨石。

梦凡仰高了头,往上看,低下身子,再往上看,越看越是震慑无比。"她变成这么大的一块石头了!"她站直身子,不禁恻然,眼神郑重而严肃。"她一定望了好多好多年,越长越高,越长越高,才会长得这么高大的!"

她注视夏磊,"如果你去了东北,说不定我也会变成石头!"

夏磊心头一凛。十岁和八岁,实在什么都不懂。言者无心,应该听者无意。但是,夏磊就感到那样一阵凉意,竟有所预感地呆住了。童年,就这样:在桦树林,在旷野,在小河畔,在短松岗,在望夫崖,在康家那深宅大院里……一年又一年地过去了。转眼间,当年的五个孩子,都已长大。

第六章

民国八年,五月四日。

这年的夏磊,正在北大读植物系三年级。梦华和天白,读的全是文学系。当时的北大还不收女学生。但,梦凡和天蓝,那样吵着闹着,那样羡慕新式学堂,康、楚两家实在拗不过两个女儿,就送到北大附近的女子师范去了。于是,五个孩子,早上结伴上课,下午结伴回家,青春的生命里,充满了活力,充满了自信和理想。当然,三男两女的搭配,总是两对多一,这多出的一个,往往是问题的制造者,烦恼和痛苦的发源地。夏磊,似乎从小就有领导欲和桀骜不驯的特质,在这青春时期,他的特质表现得更加强烈。

这时的康秉谦,早就离开了仕途,随着新政府成立,康秉谦努力想适应新的潮流,也由于看清楚时代的变迁,他才会让儿女都去接受新式教育。但是，根深蒂固的，在他内心深处，他仍然是个中国传统的读书人，仍然坚守着许多牢不可破的观念。满清王朝结束以后，他弃政务农，好在康家拥有广大的田产和果园。另外，在北京的"南池子"，开了一家康记药材行。这药材行由康勤管理，成为夏磊没课时最喜欢逗留的所在。那些川芎、白花、参须、麝香、甘草、陈皮、当归……都是他熟悉的东西。那种药行里特有的香味，总是让他回忆起东北的小木屋，童年的他，曾彻夜为父亲熬着药，药香永远弥漫在小屋里和附近的树林里。

这一天，是民国八年的五月四日。在中国的历史上，这一天占着极为重要的位置。事情的起因，是"巴黎和会"对山东问题做的决定——把胶州湾移交给日本，成了导火线，引起各大学如火如荼的反应。学生们气疯了，爱国的浪潮汹涌翻腾地卷向各个校园。而夏磊，正是这些慷慨激昂、义愤填膺的学生中，最激烈的一个。

"同学们！让我们站起来吧！救救中国！救救我们的领土！"夏磊站在学校门口的一个临时高台上，振臂高呼着。台下，聚集着数以千计的学生，附近师范学校的也来了，梦凡和天蓝都夹杂在人群里。"山东大势一去，我们就连领土的自主权都没有了！失去领土，还有国家吗？我最亲、最爱、最有血性的同胞们啊！这是我们的土地，这是我们的大好江山，我们怎么能眼睁睁让日本抢去！让列强不断地、不断地凌辱我们！奴隶我们……"台下的学生全疯狂了，他们吼着叫着，群情激愤。

"让我们去赵家楼，让我们去段祺瑞的总统府！让我们去唤醒那些醉生梦死的卖国贼！"夏磊更大声地叫着，热泪盈眶。举起手臂，他大吼了一句："中国的土地可以征服不可以断送！"

"中国的土地可以征服不可以断送！"台下如雷回应，声震四野，人人都高举着手臂。

"中国的人民可以杀戮不可以低头！"夏磊再喊。"中国的人民可以杀戮不可以低头！"学生们狂喊着，许多人都哭了。夏磊太激动了，一个冲动之下，脱掉外面的学生制服，把里面的白衬衣撕下来，咬破手指，用血写下四个大字"还我青岛"，他举起血迹斑斑的白布条，含着泪高呼着：

"国亡了！同胞们起来呀！"

学生们更加群情激昂，有的哭了，有的痛喊，有的捶胸，有的顿足，更多更多的人齐声大吼：

"还我青岛！还我青岛！！还我青岛！！！"

夏磊跳下了高台，高举着白布条，向当时曹汝霖所居住的赵家楼冲去。学生们全跟着夏磊走，一路上，大家不断竖起新的标语，不断喊着口号。这支队伍竟越来越壮大，到了赵家楼门口，已经万头攒动。学生们愤慨的情绪，已经到达无法控制的地步。各种口号，此起彼伏：

"内除国贼！外抗强权！"

"头可断！青岛不可失！"

"宁做自由鬼，不做活奴隶！"

"打倒卖国贼！严惩卖国贼！"

大家吼着、叫着！越来越激动，越来越愤怒，学生的激情已到达沸点。开始高叫曹汝霖、章宗祥、段祺瑞的名字，要他们出来，向国人谢罪。这样一吼一叫一闹，震惊了整个北京市，员警赶来了，枪械也拿出来了，开始拘捕肇事分子。员警的哨子狂鸣之下，学生更加怒不可遏。一时间，有的向楼里掷石块，有的砸玻璃，有的跳窗子，有的撞门，有的烧标语……简直乱成了一团。大批员警蜂拥而至，用枪托和短棍揍打学生，许多学生负伤了，许多被捕了。最后，赵家楼着了火，消防车救火队呼啸而至。学生终于被驱散了，主要带头的学生全数被捕——夏磊、梦华、天白三个人都在内。

那天的康家简直翻了天。楚家大妇也赶来了。咏晴一听到梦华被捕，就昏了过去。醒来后就哭天哭地，哭她唯一的儿子梦华。楚千里气冲冲地对康秉谦说：

"都是那个夏磊！我全弄明白了！就是夏磊带的头！秉谦，你收义子没关系，你要管教他呀！"

"夏磊？"康秉谦大吃一惊，"又是他惹的祸吗？"

梦凡急了，挺身而出。

"爹、娘，楚伯伯、楚伯母，你们不能怪夏磊呀！如果你们见到当时的情形，你们也会被感动的！夏磊，他是一腔热血，满怀热情，才会这么做的！大家都为了爱国呀！"

"爱国？"康秉谦吼了起来，"在街上摇旗呐喊就算爱国吗？放火烧房子就算爱国吗？他就是爱出风头爱捣蛋！现在连累了天白和梦华，怎生是好？被抓到监狱里去，他还能爱国吗？"

"我就知道，我就知道！"咏晴哭着，"这个夏磊只会带给我们灾难！他根本是个祸害！"

"娘！"梦凡悲愤地喊。

"是呀！是呀！"楚夫人也哭得上气不接下气，"我们天白那么单纯善良的一个孩子，如果不是跟着夏磊，怎么会去搞什么暴动？"

"娘！"天蓝一跺脚，生气地说，"你们不去怪曹汝霖、章宗祥，却一个劲儿骂夏磊，你们实在太奇怪了！"

"你闭嘴！"楚千里对女儿大吼，"已经闯下滔天大祸了，你还在这儿强词夺理！念书、念书，念出你们这些无法无天的小怪物来！"

"楚伯伯，"梦凡忍无可忍地接口，"今天街上的小怪物，起码有三千个以上呢！"

"梦凡！"康秉谦怒吼着，"你还敢和楚伯伯顶嘴！我看你们不但无法无天，而且目无尊长！"

梦凡眼看这等情势，心里又急又气，知道父母除了怨恨夏磊之外，实在拿不出什么营救的办法，她一拉天蓝，往屋外就跑："天蓝，我们走！"咏晴死命拉住梦凡："你要去哪里？街上正乱着，你们两个女孩子，还不给我在家里待着，再出一点儿事情，我就不要活了！"

"娘！"梦凡急急地说，"我是想到学校去看看！这次被捕的全是学生，学校不会坐视不管！虽然你们都不赞同学生，但是，大家真的是热血沸腾，情不自已！我相信，北大、燕京和几个主要的学校，校长和训导主任都会出来营救！爹、娘，你们不要急，我敢说，舆论会支持我们的！我敢说，所有学生都会被释放的！我也敢说，梦华、天白和夏磊，很快就会回家的！"梦凡的话没说错，三天后，梦华、天白、夏磊都被释放了。而五四运动也演变成为一个全民运动。天津、上海、南京、武汉都纷纷响应，最后竟扩大到海外，连华侨都出动了。

对康秉谦来说，全民运动里的"民"与他是无关的。夏磊的桀骜不驯，好勇善斗，才是他真正担心的。虽然孩子们已经平安归来，他仍然忍不住大骂夏磊：

"你不管自己的安危，你也不管梦华和天白的安危吗？送你去学校念书，你念书就好了！怎么要去和政府对立？你想革命还是想造反呢？……"

"干爹！"夏磊太震惊了，康秉谦也是书香世家，怎么对割地求荣这种事都无动于衷？怪不得满清快把中国给赔光了。"我是不得已呀！我们现在这个政府，实在够糟的！总该有人站出来说说话呀！"

"你只是说说话吗？你又演讲又游行，摇旗呐喊，煽动群众！你的行为简直像土匪流氓！我告诉你，不论你有多高的理论，你就是不能用这种方式表达！我看不顺眼！"

"干爹，"夏磊极力压抑着自己，"现在这个时代，已经不是满清了，许多事情，都太不合理，亟须改革。不管您看着顺眼还是不顺眼，该发生的事还是会发生的！即使是这个家……"他咽住了。"这个家怎样？"康秉谦更怒了。

"这个家也有许多的不合理！"他冲口而出。

"呵！"康秉谦瞪着夏磊，"你倒说说看，咱们家有什么不合理的地方？有什么让你不满意的地方？"

"例如说父母之命，媒妁之言！"

梦凡一个震动，手里的茶杯差点儿落地。

"例如说娶姨太太，买丫头！"

心眉迅速地抬头，研判地看着夏磊。银妞、翠妞皆惊愕。

"好了好了！"咏晴拦了过来，"你就说到此为止吧！总算大家平安归来了，也就算了。咱们家的女人，都很满足了，用不着你来为我们争权利的！"

"干娘，你的地位已经很高了，当然不必争什么了，"

夏磊说急了,已一发而不可止,"可是,像银妞、翠妞呢?"

银妞、翠妞都吓了一跳,银妞慌忙接口:

"我们不劳夏磊少爷操心,我们很知足的……"

"是呀是呀!"翠妞跟着说,"老爷、太太对我们这么好,我们还争什么!"

"可是,"夏磊更急,"像胡嬷嬷呢?"

"磊少爷!"胡嬷嬷惊呼着,"你别害我哟!我从来都没抱怨过什么呀!"夏磊泄气极了,看着这一屋子的女人,觉得一个比一个差劲。他瞪向心眉:"还有眉姨呢?难道你们真的这么认命?真的对自己的人生已经没有要求?真觉得自己有尊严、有自由、有地位、有快乐……"康秉谦一甩袖子站了起来:

"够了!够了!你这不知天高地厚的小子,你才烧了赵家楼,现在又想要烧康家楼了!"

梦华笑出声,梦凡也跟着笑了。

咏晴、心眉、银妞、翠妞……大家的心情一放松,就都露出了笑容。秉谦不想再扩大事端,就也随着大伙笑。在这种情形下,夏磊即使还有一肚子话,也都憋回去了,看着大家都笑,他也不能不跟着笑了。一场风波,就到此平息。但是,对夏磊而言,这五四就像一簇小小的火苗,在他心胸中燃烧起来。使他对这个社会、对人生、对自己,以至于对感情的看法、对生活的目标……

全都"怀疑"了起来,这"怀疑"从小火苗一直扩大、扩大。终于像一盆烈火般,烧灼得他全心灵都疼痛起来。

第七章

第一个对夏磊提出"身份"问题的，是胡嬷嬷。

胡嬷嬷照顾夏磊已经十二年了，这十二年，因为胡嬷嬷自己无儿无女，因为夏磊无父无母。再加上夏磊从不摆少爷架子，和她有说有笑有商有量，十分亲近。胡嬷嬷的一颗心，就全向着夏磊了。下意识里，她是把他当自己亲生儿子般疼着，又当成"主人"般崇敬着。

许多事，胡嬷嬷看在眼里，急在心里。女性的直觉，让她体会出许多问题；夏磊越来越放肆了，梦凡越来越爱往夏磊房里闯了。什么五四、演讲、写血书，夏磊成了英雄了。什么男女平等、自由恋爱、推翻不合理的制度……梦凡常常把这些理论拿出来和夏磊讨论……似乎讨论得太多了，梦凡对夏磊的崇拜，似乎也有点儿过了火。

"磊少爷!"这天晚上,她忍无可忍地开了口,"你可不可以不要再顶撞老爷呢?也不要带着梦华和梦凡去搞什么运动呢?你要记住自己的'身份'啊!"

夏磊怔了怔:"我的'身份'怎么了?"

"唉!"胡嬷嬷叹口长气,关怀而诚挚地,"你要知道,无论如何,这亲生的,和抱养的,毕竟有差别!老爷、太太都是最忠厚的人,才会把你视如己出,你自己,不能不懂得感恩啊!亲生的孩子如果犯了错,父母总会原谅的,如果是你犯了错,大家可会一辈子记在心底的!"

夏磊感到内心被什么重重的东西撞击了一下,心里就涌起一种异样的情绪,是自尊的伤害,也是自卑的醒觉。他看了看胡嬷嬷,顿时了解到中国人的成语中,为什么有"苦口婆心"四个字。"我犯了什么错呢?"

"你犯的错还不够多呀!害得梦华少爷和天白少爷去坐牢!咱们老爷、太太气成怎样,你也不是没见着!这过去的事也就算了,以后,你不能再犯错了!"

夏磊不语,默默沉思着。

"你只要时时刻刻记住自己的'身份',很多事就不会做错了!例如……"胡嬷嬷一面铺着床,一面冲口而出,"你和天白,是拜把子的兄弟!"

"又怎样了?"他抬起头来,"我什么地方,对不起天白!"

"梦凡,是天白的'媳妇'哟!"

胡嬷嬷把床单扯平，转身就走出了房间。

夏磊的心脏，又被重重撞击了。

第二个提醒他"身份"问题的人，是心眉。

心眉是秉谦的姨太太，娶进门已经十五年了。是个眼睛大大的，眉毛长长的，脸庞儿圆圆的女人，十五年前，是个美人坯子，可惜父母双亡，跟着兄嫂过日子，就被嫁到康家来做小。现在，心眉的兄嫂已经返回老家山东，她在北京，除了康家以外，就无亲无故了。

心眉是个很单纯，也很认命的女人。她生命里最大的伤痛，是她失去过一个儿子。那年，夏磊到康家已三年了，他始终记得，心眉对那个襁褓中的儿子，简直爱之入骨。康秉谦给孩子按排行，取名梦恒。梦恒并不"恒"，只活了七个月，就生病夭折了。那晚，康家整栋大宅子里，都响着心眉凄厉至极地哀号声："梦恒！你既然要走，为什么来到人间戏弄我这趟？你去了，你就把我一起带走吧！我再也不要活了！不要活了！"

可是，心眉仍然活了过来，而且，熬过了这么多岁月。她也曾期望再有个孩子，却从此没有消息。青春渐老，心眉的笑容越来越少。眼里总是凝聚着幽怨，唇边总是挂着几丝迷惘，当初圆圆的脸变瘦了。但，她仍然是很美丽的，有种凄凉的美，无助的美。如果没有五四，心眉永远会沉睡在她那个封闭的世界里。但，夏磊把什么新的东西带来了，夏磊直问到她脸上那句："还有眉姨呢？难道你们真的这么认命？真的对自己的人生已没有要求？真觉得自己有尊严、有地位、有自由、有快乐……"震撼了她，使她在长夜无眠的晚上，深思不已。

这天下午，她在回廊中拦住了夏磊。

"小磊，你那天说的什么自由、快乐，我都不懂！你认为，像我这种姨太太，也能争取尊严吗？"

"当然！"夏磊太吃惊了，中国这古老的社会，居然把一个女人的基本人权意识都给剥夺了！"不论你是什么身份，你都有尊严呀！人，是生而平等的！每个人都有追求自由快乐的权利！"

"怪不得……"心眉瞪着他讷讷地说了三个字，就咽住了，只是一个劲儿地打量他。"怪不得什么？"他困惑地问。

"怪不得……你虽然是抱进来的孩子，你也能像梦华一样，活得理直气壮的！"夏磊心中，又被什么东西狠狠一撞，蓦地醒悟，所谓"义子""养子"，在这个古老的康宅大院里，就和"姨太太"一样，是没有身份和地位的！

第三个提醒他"身份"的人，是康勤。

那晚，他到康记药材行去帮忙。康勤正在切鹿茸，他就帮他整理刚从东北运来的人参。坐在那方桌前面，他情绪低落。"怎么了？"康勤注视着他，"和谁斗嘴了？梦华少爷还是梦凡小姐呢？"他默然不语。"我知道了！"

康勤猜测着,"老爷又说了你什么了!"康勤叹口气:"磊少爷,听我一句劝吧!俗语说得好,'人在屋檐下,不得不低头'呀!康家上上下下,对你已经够好了,有些事,你就忍着吧!"夏磊惊怔地看康勤,情不自已地咀嚼起,"人在屋檐下,不得不低头"的句子。"不知道是我不对了,还是大家不对了!"他沮丧地说,"最近,每个人都在提醒我……小时候的欢乐已经没有了!人长大了,真不好,真不好!"

"要想开一些,活着,就这么回事呀!"

又一个认命的人!夏磊一抬头,就紧紧地盯着康勤:"康勤,我想问你……你为什么在康家做事呢?你仪表不凡,知书达理,又熟悉医学,又懂药材,又充满了书卷味……像你这样一个人,根本就是个'人才',为什么肯久居人下呢?"

康勤吃了一惊,被夏磊的称赞弄得有点儿飘飘然,对自己的身世,难免就感怀自伤了:

"磊少爷,你有所不知,我姓了康家的姓,一家三代,都是吃康家的饭长大的!你不要把我说得那么好,我不过是个奴才而已。老爷待我不薄,从小,私塾老师上课时,允许我当'伴读',这样,也学会了读书写字,比康福、康忠都更得老爷欢心。又把太太身边的金妞给我当老婆,可惜金妞福薄,没几年就死了……老爷每次出差,也都带着我,现在又让我来康记药材行当掌柜……我真的，真的，没什么可埋怨了！"

"可是，康勤，"他认真地问，"你活得很知足吗？除了金妞之外，你的人生里，就没有'遗憾'了吗？"

康勤自省，有些狼狈和落寞了。

"很多问题是不敢去想的！"

"你想过没有呢？"

"当然……想过。"

"怎样呢？你的结论是什么呢？"

"怎么谈得上结论？有些感觉，在脑海里闪过，就这么一闪，就会觉得痛，不敢去碰它，也不敢去追它，就让它这么过去了！"

"什么'感觉'呢？哪一种'感觉'呢？"

康勤无法逃避了，他正眼看着夏磊。

"像是'寂寞'的感觉，'失去自我'的感觉，不曾'好好活过'的感觉……还有，好像自己被困住……"

"想'破茧而出'的感觉！"夏磊接口。

"是吧！"康勤震动地说，"就是这样吧！"

夏磊和康勤深深互视着，有种了解与友谊在二人之中流动。如水般漾开。"康勤！"夏磊怔怔地问，"你今年几岁了？"

"四十二岁！"

"你是我的镜子啊！"夏磊脱口惊呼了，"如果我'安于现状'，不去争取什么，四十二岁的我，会坐在康记药材行里，追悼着失去的青春！"

他站起身来，踉跄地冲到门口，掀起门帘，一脚高一脚低地离去了。

夏磊有很多天都郁郁寡欢。五四带来的冲击，和自我身份的怀疑，变成十分矛盾的一种纠结。他觉得自己被层层包裹住，不能呼吸了，不能生活了。康家，逐渐变成了一张大网，把他拘束着，捆绑着，甚至是吞噬着。他不知道该怎样活着，怎样生存，怎样才能"破茧而出"？

在康家，他突然成了一个"工作狂"。

他劈柴，他修马车，他爬在屋顶修屋瓦，他买砖头，补围墙，把一重又一重年老失修的门，拆卸下来，再重新装上去……忙得简直晕头转向。梦凡房前屋后，院里院外追着他，总是没办法和他说上三句半话，忽然之间，那个在校园里振臂高呼，神采飞扬的大学生，就变成康家的一个奴隶了。

这天，梦凡终于在马厩找着了夏磊。

夏磊正在用刷子刷着追风。如今的追风，已长成一匹壮硕的大马了。夏磊用力地刷着马儿，刷得无比专心。

"这康福、康忠到哪里去了？"梦凡突然问。

"他们去干别的活儿了！"夏磊头也不抬地说。

"别的活儿？"梦凡抬高了声音，"这康家里外外，上上下下，所有的粗活儿，你不是一个人包揽了吗？昨天爬在屋顶上修屋顶，前天忙着通阴沟，再前些天，修大门、中门、偏门、侧门……你还有活儿留下来给康福、康忠做吗?"

夏磊不说话,埋着头刷马儿,刷得那么用力,汗珠从额上一滴一滴地滚落下来。梦凡看着那汗珠滴落,不忍已极。从怀里掏出了小手绢,她往前一跨步,抬着手就去给夏磊拭汗。

夏磊像触电般往后一退。

"别碰我!"他粗声地说。

梦凡怔住了,张口结舌地看着夏磊,握着手绢的手停在空中,又乏力地垂了下去。她后退了一步,脸上浮起深受伤害的表情。"你到底是怎么了?"她憋着气问,"是谁得罪了你?是谁气着了你?你为什么要这样不停地做苦工?"

"别管我!"他更粗声地。

"我怎么可以不管你!"梦凡脚一跺,眼睛就涨红了,"自从你十岁来我家,你做什么我就跟着你做什么!你骑马我也骑马,你发疯我也发疯,你爬崖我也爬崖,你游行我也游行,你念书我也念书……现在,你叫我不要管你!我怎么可能不管你嘛!"夏磊丢下马刷,抬起头来,紧紧盯着梦凡。

"从今以后,不要再跟着我!"他哑声说,眼睛睁得大大的,"难道你看不出来,我身上有细菌?我是灾难,是瘟疫,是传染病!你,请离我远远的!"

"什么瘟疫传染病?"梦凡惊愕地,"谁对你说这些混账话?谁敢这样做?谁说的?"她怒不可遏。

他瞪视着她那因发怒而涨红的脸,瞪视着那闪亮如星的眸子,瞪视着她那令人眩惑的美丽……他的心脏紧紧一抽;哦,梦凡!请你远远离开我,你是我心中百转千回的思念,你是我生命里最巨大的痛楚……他纵身跃上了马背,像逃一般地疾驰而去。

第八章

这天，在校园中，天白急急地找着了夏磊。

"夏磊，你知不知道梦凡最近是怎么了？"

夏磊一怔，困惑地抬眼看天白。随着年龄的长大，天白童年时就有的开朗和书卷味，现在更加浓厚了。他长得和夏磊差不多高，看起来却斯文许多，他是个恂恂儒雅而又不失潇洒气概的年轻人。在个性上，他是几个孩子中最踏实的一个，没有夏磊的好高骛远，桀骜不驯，也没有梦华的骄贵气息。他平易近人，坦率热情。

"怎么了？"夏磊闷闷地问。

"她太奇怪了！最近总是躲着我，好像很怕我似的！怎么会这样呢？我完全弄不懂！"

夏磊的眼光落到远处的柳树上去了。

"或者，因为她是你的'未婚妻'吧！年纪大了，不是小孩儿了,就会……有些避讳吧!"

"避讳!你说梦凡吗?"天白抬高了声音,"你又不是不了解梦凡,她从小就心胸开阔,落落大方!她才不会扭扭捏捏,去在乎那些老掉牙的禁忌!"

"哦!"夏磊胸中,好像塞进了一块大石头,"你这么了解她,心里有什么话,何不对她直说呢?"

"我是要直说呀!但她不要听呀!我每次一开口,她就躲!前一段时间忙着五四的事,大家也没时间,现在闲下来,她就突然像变了一个人似的!"

"你忙什么,不是有一辈子的时间可以跟她慢慢说吗?"夏磊的声音直直的,不疾不徐的。

"唉!"天白大大叹口气,"现在是什么年代了,如果我还迂腐地守着那个父母之命,我是肯定会失去梦凡的!夏磊,"他激动地抓住夏磊,热烈地说,"我跟你说吧,反正你是我兄弟,我也不怕你会笑话我!这些日子来,我们反这个反那个,好像旧社会的制度里没有一件事合理!偏偏我和梦凡的婚约,是从小订下的……我觉得,梦凡在心底,根本是瞧不起这个婚约的!如果她心甘情愿要履行这婚约,绝对不是为了父母之命,而是为了我这个人!"

夏磊的眼光,落回到天白脸上来了。

"说实话,"天白继续说,眼睛里闪着光彩,"小时候,知道她是我的'媳妇',并没有什么太多的感觉。可是，现在啊，随着时间一年一年的长大，我对梦凡，简直是一往情深，梦寐以求了！"夏磊震惊地盯着天白。

"夏磊，你会笑我吗？你会笑我没出息吗？我就是这样的，简直无可救药啊！我每天都疯狂地盼望见到她，好不容易见到了，她总是一副若即若离的样子，弄得我魂不守舍！怎么办？夏磊，会不会发生了什么事？会不会她故意在疏远我？我现在束手无策，我想，只有你才能帮我！"

夏磊更震惊地看着天白。

"何以见得我能帮你呢？"

"你一定帮得了！"天白热烈而崇拜地说："从小，你就是我们五个小鬼的领袖呀！长大了，你更是我们名副其实的大哥，我们几个人，没有一个人在你面前有秘密！梦凡也是这样！"夏磊深深撼动了。眼睛凝视着远方，他默默地出着神。

"你帮我问问她去！劝她不要这样对我吧！弄得我这样疑神疑鬼，患得患失，实在好残忍！"他深深地看夏磊，眼底是一片单纯的信任，"谁让你跟我拜了把子呢！肝胆相照，忠烈对待，就是天白有难，夏磊救之！"

他说着，重重的一掌拍在夏磊肩上。

夏磊凝视着远方，心里，是一团矛盾纠结的痛楚。

这晚，他冲进了梦凡房里，像倒水一样，一阵稀里哗啦，没有停顿地说："梦凡！你不可以这样对天白！

别说他是你的未婚夫,就算是朋友,你也该对他推心置腹!天白从小和我们一起长大,是怎样一个热血青年,你心里应该清清楚楚!假若你想背叛他,对不起他,你就等于是背叛我,对不起我!我不会允许你这样做的!从明天开始,你就去好好对他,用全心全意对他,像他这样光明磊落,心地善良,又漂亮,又有气质的年轻人,你在这世界上找不到第二个了!干爹、干娘为你定的亲,是一百个对,一千个对!你不要受五四的影响,连天白都反进去!那你就是个幼稚无知的女孩子了!那么,我会轻视你,看不起你!你听到没有?我,要,你,全心全意去爱天白!"

一口气把要说的话都喊完了,他看也不看梦凡,就转身冲出了房间,大踏步穿过院落,打开偏门,冲进桦树林,冲进旷野,冲进小山丘……他像小时候一样,放声大叫:

"不要……不要……不要……不要……"

那晚,他彻夜坐在望大崖上。

月色很好,大地在月光下,染上了一层银白。远山远树,是幢幢的黑影,近处的旷野,高低起伏,旷野上的矮树丛,疏落有致。月光把所有的树梢,都镶了一条银色的光晕。万籁无声,四野俱寂。他不知道坐了多久,头脑里几乎是空空的,连思想的能力都没有。他只是坐着,凝望着远方。然后,他听到身后有呼呼的声响,他回头,蓦地大吃一惊,梦凡正危危险险地站在崖边上。他一唬地站起身来,心脏几乎跳到了喉咙口。

"你!"他哑声喊,"半夜来爬望夫崖!你不要命了吗?万一摔下去怎么办?"她一动也不动地站着,大大的眼睛,在月色中闪着光,直直地盯视着他。"摔下去,是我的报应!"她沉声说。

"什么意思?"他感到喉咙里干干的。

"坏女孩会受到报应,半夜三更追随你到望夫崖,会受到报应,背叛天白,也会受到报应……反正会受报应,粉身碎骨,也就算了!"他深深抽口气,心脏像擂鼓似的,"咚咚咚"地狂跳,嘴里一句话也说不出来。"夏磊,你真虚伪!"她定定地看着他,低声地说,"十二年前,我把我的小奴奴抱去送给你,从那一夜开始,我就成了你的影子,你走到哪儿,我跟到哪儿,我这样跟了你十二年,你心里还不明白?你居然命令我,全心全意去爱天白?"

他瞪着她,眼光再也无法从她脸上移开。

她半晌无语。他们就这样站着站着,彼此的眼光,牢牢地,紧紧地缠着对方。好久好久以后,她才轻轻开口:

"你要我留,还是要我走?"

他不说话,心中绞痛。

"好吧!"她轻幽幽地说,"我走!"

她一转身，抬脚就走。她的神志根本不清，这一举步，眼看就要踩空，她身边，是万丈悬崖。夏磊大惊，想也不想，就飞快地扑过来，飞快地抓住她，用力一拉。

梦凡扑进了他的怀里。

他们紧紧地，紧紧地拥抱在一起了。

"瞧！"片刻，他惊怔地说，"我们做了什么？瞧，你这样诱惑我……"他试着要推开她。

"夏磊啊！不要推开我！"梦凡固执地依偎着他，强烈地说，"当我和你第一次爬望夫崖的时候，我就已经背叛天白了！你轻视我吧！看不起我吧！我就是这样的，我心里只有你呀！我就是就是这样的！"她把头紧埋在夏磊的肩窝，泪，一直烫到夏磊的五脏六腑去。夏磊的理智，随着夜风飘远，飘得无迹可寻。在他怀中，是他十二年来魂之所牵，心之所系呀！他无力思想，在梦凡如此强烈的告白下，他也不要去思想了！

第九章

夏磊和梦凡,是天蒙蒙亮的时候,回到康宅后院里的。

两人的眼光,仍然痴痴地互视着,两人的手,悄悄地互握着,两人的神志,都是昏昏沉沉的,两人的脚步,都是轻飘飘的。才走进后院,就被胡嬷嬷一眼看到了。

"天啊!"胡嬷嬷轻呼了一声,赶过来,就气急败坏地把两人硬给拆开,"小姐!小姐啊!"胡嬷嬷摇着梦凡:"你快回房间里去!别给银妞、翠妞看到!快回去!我的老天爷啊!你不要神志不清,害了自己,更害了磊少爷呀!"

梦凡一震,有些清醒了。

"快去!"胡嬷嬷一跺脚,"快去呀!有话,以后再谈呀!"

梦凡惊悟地，再看了夏磊一眼，转身跑走了。

胡嬷嬷一把拉着夏磊，连拖带拉，把他拉进了房里。转身关上房门，又关上窗子，胡嬷嬷一回头，脸色如土。

"不可以！绝对不可以！"她惊慌失措地喊，"磊少爷，你老实告诉我，你跟梦凡小姐做了些什么？你们夜里溜出家门，做了些什么？你说！"

"没有什么呀！"夏磊勉强地看着胡嬷嬷，"我到望夫崖上去，然后她来崖上找我，我们就这样站在望夫崖上……回忆着我们的童年……我们就这样站着，把什么都忘记了！"

"你没有……没有和梦凡小姐那个……你……"胡嬷嬷一咬牙，直问出来，"你没有侵犯她的身子吧？"

"当然没有！"夏磊一凛，不禁打了个寒战，"我还不至于糊涂到这种地步！她是冰清玉洁的大家闺秀呀！"

"阿弥陀佛！"胡嬷嬷急着念佛，"菩萨保佑！"她念完了佛，猛地抬头，怒盯着夏磊："磊少爷！你是害了失心疯吗？你这样勾引梦凡小姐，你怎么对得起老爷、太太？当年你无父无母，无家可归，是老爷千里迢迢把你从东北带回来，养你，教你，给你书念……你就这样恩将仇报，是不是？"

夏磊热腾腾的心，蓦然被浇下一大桶冷水。他睁大眼睛看胡嬷嬷，在她的愤怒指责下痛苦起来。

"恩将仇报？哪有这么严重？我……应该和干爹去谈

一谈……"

"不许谈！不能谈！一个字都不能谈！"胡嬷嬷吓得魂飞魄散，"你千万不要把你那些个自由恋爱的思想搬出来，老爷是怎样的人，你又不是不知道！康家和楚家，几代的交情，才会结上儿女亲家，你和梦凡小姐，出了任何一点儿差错，都是败坏门风的事，你会要了老爷的命！"

"不会吧？"他没把握地。

"会！会！会！"胡嬷嬷急坏了，拼命去摇着夏磊，"磊少爷！你怎么忽然变成这样？你不顾老爷、太太，也不顾天白少爷吗？"

"天白……"夏磊的心，更加痛苦了。

"磊少爷啊！"胡嬷嬷痛喊出声，眼泪跟着流下来了，"做人不能这样不厚道，这是错的！一定是错的！你伤了老爷的心，伤了天白少爷，你也会伤了梦凡小姐呀！做人，一定要有良心，一定不能忘了自己的身份……"

身份？又是身份二字！夏磊的心，就这样沉下去，沉进一潭冰水里去了。除了胡嬷嬷，天白那热情坦率的脸，简直是夏磊的"照妖镜"。他追着夏磊，急切地，兴奋地，毫不怀疑地问：

"怎么？夏磊，你有没有帮我去和梦凡谈一谈呢？"

"天白，我……"他支支吾吾，好像牙齿痛。

"哦，我知道了！"天白的脸红了，"你跟我一样，碰到男女之间的事，你就问不出口来了！其实，你真是的……"他碍口地说,"我是当局者迷,所以不好意思问,你是旁观者清,怎么也和我一样害臊!"他想了想,忽然心生一计:"我去求天蓝,你说怎样?她们两个,从小就亲密,说不定,梦凡会告诉天蓝的!"不妥!如果梦凡真告诉了天蓝,会天翻地覆的!他本能地一抬头,冲口而出:"不好!"

"不好?"天白睁着清澈的眼睛,"那,你的意思是怎样?你说呀说呀,别吊我胃口!"

"天白,"他猛吸口气,鼓起全部的勇气来,勉勉强强地开了口,"你知道,梦凡是旧式家庭里的新女性,她不喜欢旧社会里的各种拘束,从小,她就跟着我们山里、树林里、岩石堆里奔奔窜窜,所以,养成她崇尚自由的习惯……"

"我懂了!"天白眼睛一亮。

"你懂了?"夏磊愕然。怎么你懂了?我还没说到主题呢!你懂了?真懂了?他咬牙,停住了口。

"我就当作从没有和她订过婚!"天白仰了仰头,很得意地说,"我要把'婚约'两个字从记忆里抹掉,然后,我现在就开始去追求她!你说怎样?"他注视他。"当然,追女孩子的技巧我一点儿也没有,怎么开始都不知道!最重要的事是,我要向她表明心迹!表明即使没有婚约,我也会爱她到底!瞧,"他拍了拍自己的脑袋,"我可以在你面前很轻易地说出这句话来,但是,见了她，我的舌头就会打结！唉！我真羡慕你呀！"

"羡慕我？"他又怔住了。

"是啊！你不入情关，心如止水，这，也是一种幸福呢！学校里崇拜你的女孩子一大堆，就没看到你对谁动过心！天蓝、梦凡从小追随着你，你就把她们当妹妹一样来爱惜着……说实话，我有一阵子蛮怕你的……"

"怕我？"他又一愕，"是啊！别装糊涂了！"他在他肚子上捶了一拳。"你难道不知道，梦华为了你，和天蓝大吵了一架？"

"有这等事？"他太震惊了。

"记得我们上次去庙会里套藤圈圈，你不是帮天蓝套了一个玉坠子吗？那小妞把玉坠子戴在脖子上，给梦华发现了，吵得天翻地覆呢！"

"是吗？我都不知道！"

"是我教训了梦华的！我对他说：你也太小看夏磊了，夏磊那个人，别说朋友妻，不可戏！就是朋友的朋友，他也会格外尊重，更何况是兄弟之妻呢？"

夏磊整个人惊悸着，像挨了狠狠的一棒，顿时惭愧得无地自容。他定睛去看天白，难免疑惑，天白是否话中有话，但是，天白的脸孔那么真挚和自然，简直像阳光般明亮，丝毫杂质都没有。夏磊心中激荡不已；天白啊天白，兄弟之妻，不可夺呀！我将远离梦凡，远离远离梦凡！我发誓！他痛苦地做了决定；从今以后，远离梦凡!

　　远离梦凡,下决心很容易,做起来好难呀。在学校里,他开始疯狂地念书,响应各种救国活动,把自己忙得半死。下了课不敢回家,总是溜到康记药材行去。药材行近来的生意很好,心眉常常在药材行帮忙。看到眉姨肯走出那深宅大院,学着做一点儿事情,夏磊也觉得若有所获。心眉包药粉的手已经越来越熟练,脸上的笑容也增加了。

　　"小磊,是你提醒我的,人活着,总要活得有点儿用处!以前我总是闷在家里,像具行尸走肉似的!现在,常到康记来帮忙,学着磨药配药,也在工作里获得许多乐趣。谢谢你啊,小磊。"夏磊看着心眉,那展开了的眉头是可喜的,那绽放着光彩的眼睛却有些儿不寻常!乐趣?她看来不止获得乐趣,好像获得某种重生似的。夏磊无心研究心眉,他自己那纠纠缠缠如乱线缠绕的千头万绪,那越裹越厚的,简直无法挣脱的厚茧,已使他无法透气了。真想找个人说一说,真想和康勤谈点什么,但是,康勤好忙呀,又要管店,又要应付客人,又要那么热心地指导心眉。他显然没时间来管夏磊的矛盾和伤痛了。这段时间,夏磊的脾气坏极了。每次一见到天白,望夫崖上的一幕,就在夏磊脑中重演。怎能坦坦荡荡地面对天白呢?怎可能没有犯罪感呢?同样,他无法面对梦凡,无法面对梦华,也无法面对天蓝。他突然变成了独行侠,千方百计地逃避他们每一个。逃避其他的人还容易,逃避梦凡实在太难太难了。她会一清早到他房门口等着他,也会深夜听着他迟归的足音,而热切地迎上前来:"怎么回来这么晚?你去哪里了?怎么一清早天没亮就出去?你都在忙些什么呢?你……"

"我忙,"他头也不回,冷峻地说,"我忙得不得了!忙得一时片刻都没有!你别管我,别找我,别跟我说话!你明知道,我这么'忙',就为了忙一件事:忙着躲开你!"

说完,不敢看梦凡的表情,他就夺门而出。跑进桦树林,跑进旷野,跑到河边,然后,冲进河水里,从逆流往上游奔窜。河水飞溅了他一头一身,秋天的水,已经奇寒彻骨。就让这冰冷的水溅湿他,淹没他,徒劳的希望,这么冷的水可以浇熄他那颗蠢动不安的、炽热的心!

这么千方百计地逃开梦凡,应该就不要再上望夫崖的。但是,那座石崖有它的魔力,夏磊觉得自己像是中了邪,三番两次,就是忍不住要上望夫崖。站在崖上,登高一呼,心中的块垒,似乎会随声音的扩散,减轻不少。

这天清晨,他又站在望夫崖上了。太阳还没有从山凹里冒出来,四野在晓雾迷蒙中一片苍茫。灰苍苍的天,灰苍苍的树林,灰苍苍的原野,灰苍苍的心境。他对着云天，放开音量，大喊："皇天在上！后土在下！"

皇天在上！后土在下！回音四面八方传了回来；皇天在上！后土在下！他心中苦极，陡地一转身，想下崖去。才转过身子，就发现梦凡像个石像般杵在那儿。

不行不行不行……梦凡，我们不能再单独见面！不行不行不行不行……他才抬脚要走，梦凡已经严厉地喊：

"不准走！"夏磊一惊，从来没听过梦凡这样严厉的声音，他怔住了。

"夏磊！"梦凡憋着气，忍着泪，凄然地说，"你这样躲着我，你这样残忍地对我，是不是告诉我，上次在这望夫崖上的事都一笔勾销了！你觉得那天……是你的污点，是你的羞耻，你的错误，你后悔不及，恨不得跳到黄河里去洗洗干净！是不是？是不是？"梦凡！他心中痛极，梦凡，你饶了我吧！我是这样的懦弱，无法面对爱情又面对友谊，我是这样的自卑，无法理直气壮地争取，也无法面对一团正气的干爹呀！

"你说话啊！"梦凡落下泪来，"你清楚明白地告诉我啊！只要你说出来，你打算把我从你生命里连根拔除了，毫不眷恋了，那么……我会主动躲着你，我知道你讨厌见到我，我也会警告自己，不再上望夫崖来了！"

他抬起头，盯着梦凡，苦苦地盯着梦凡，死死地盯着梦凡。"我已经完全不顾自己的自尊了，我千方百计地要跟着你，你却千方百计地要甩开我！我从来没有觉得自己如此卑贱！你这样对我视而不见，听而不闻……大概你巴不得永远见不到我，巴不得我消失，巴不得我毁灭，巴不得我死掉算了……"

"住口！住口！"他终于大喊出声，"你这样说是什么意思？你存心冤枉我！你比任何人都了解我，你明知道……明知道……"

"明知道什么？"梦凡反问，咄咄逼人，"我什么都不知道！我只知道你践踏我的感情，摧残我的自信，你是存心要把我置于死地！"

"梦凡啊！"他大吼着，"你这样子逼我……使我走投无路！你明知道，我躲你，是因为我怕你，我怕你……是因为我……那么那么爱你呀！"夏磊这话一冲出口，梦凡整个人都震住了，带泪的眸子大大地睁着，一瞬也不瞬地看着夏磊。

夏磊也被自己的话吓住了，哑口无言。

两人对视了片刻。"你说了！"梦凡屏息地说，声音小小的，"这是第一次，你承认了！即使上次，你曾忘形地抱住我，也不曾说你爱我……现在，你终于说出来了！"

夏磊震动至极，往后一靠，后脑重重地敲在岩石上。

"我完了！"梦凡扑过来，一把抱住了夏磊的腰，把满是泪的脸贴在夏磊肩上，痛哭着热烈地说，"既然爱我，为什么躲我？为什么冷淡我？为什么不理我？为什么不面对我？为什么？为什么？……"

夏磊浑身绷紧，又感到那锥心刺骨的痛。

"我努力了好久，拼命武装自己，强迫自己不去想你，不去看你！我天没亮就去上课，下了课也不敢回家，我这样辛辛苦苦地强迫自己逃开你，却在几分钟内，让全部的武装都瓦解了！"他深吸了口气，"为什么？你还问我为什么？难道你不知道为什么吗？因为……"他咬紧牙关，从齿缝中迸出几个字来："我'不能'爱你！"

梦凡惊跳了一下，抬起头来看夏磊。

"我怎能爱你呢？"夏磊哀声地说，"你是干爹的掌上明珠，是整个康家钟爱的女儿，是楚家未过门的媳妇儿……我实在没有资格爱你呀！"他狼狈无助，却热情澎湃，不能自已。"不行的！梦凡，我内心深处，有几千几万个声音在对我呐喊：不行不行不行！是非观念，仍然牢不可破地横亘在我们中间！不行的，我不能爱你！我没有权利也没有资格爱你！"

"我们可以抗争……"梦凡口气不稳地说，"你说的，时代已经不同了！我们该为自己的幸福去争取……你，敢和北洋政府抗争，却不敢为我们的爱情抗争吗？"

"因为——"夏磊沉痛地，一字一句慢慢地说出来，"父母之命，尚可违抗；兄弟之妻，却不可夺呀！"

梦凡似乎被重击了一下，她退后，害怕地盯着夏磊。

"我每想到，"夏磊痛楚地，沉缓地继续说着，"你爹和娘会为我们的事大受打击，我就不敢爱你了！我每想到，康楚两家的友谊，我就更不敢爱你了！我再想到，童年时，我们五个，情同手足，我就更更不敢爱你了！再有天白，我只要想到天白，那么信任我，爱护我的天白……我……我……"他的泪，夺眶而出了。"我只有仓皇逃开了！梦凡！"他抽了口气，声音沙哑，"即使我可以和全世界抗争，我也无法和自己的良心抗争！如果我放纵自己去爱你，我会恨我自己的！这种恨，最后会把我们两个都毁灭！所以，我们的爱，是那么危险的一种感情，它不只要毁灭康楚两家的幸福与和平，它也会毁灭我们两个！"他的声音，那么痛楚，几乎每个字都滴着血，一字一字从他嘴中吐出来，这样的字句和语气，把梦凡给击倒了。梦凡更害怕了，感染到夏磊这么强和巨大的痛楚，她惶恐、悲切而失措。"那……那我们要怎么办呢？"她无助地问。

夏磊低下头沉思，好一会儿，两人都默然无语。崖上，只有风声，来往穿梭。忽然，夏磊振作了起来，猛一抬头，他目光如炬。

"我们，一定要化男女之爱，为兄妹之情！"他的语气，铿锵有力，"唯有这样，我们才能爱得坦坦白白，问心无愧！也唯有这样，我们这几个从小一起长大的孩子，才能和平共处，即使是日久天长，也不会发生变化！"

梦凡被动地，目不转睛地凝视着夏磊。心中愁肠百结。十分不舍,百分不舍,千分不舍,万分不舍……却心痛地体会出,夏磊的决定,才是唯一可行之路。自己如果再步步紧逼,只怕夏磊终会一走了之。她眨动眼睑,泪珠就汹涌而出。

"只有你,会用这种方式来说服我!也只有你,连'拒绝'我,都让我'佩服'呀!"

"拒绝?"夏磊眼神一痛,"你怎敢用这两个字,来扭曲我的一片心!"

"我终于深深了解你了!"梦凡点着头,依恋地、委曲求全地瞅着夏磊,"我会听你的话,压下男女之爱,升华为兄妹之情!但是,你也要答应我,以后,不要再刻意躲着我,让我们也能像兄妹一样,朝夕相见吧!"

他紧紧地注视她,好半晌,才用力一点头。

"我答应你!"他坚定地说,"那,我们就这么说定了!从今以后,谁也不许犯规,我们要化男女之爱,为兄妹之情!"

她也用力点头。眼光始终不曾离开他的脸。

两人站在崖上,就这样长长久久地痴痴对望。

太阳终于从山谷中升起。最初,是一片灿烂的红霞,徐徐上升,缓缓扩大,烧红了半个天空。接着,太阳像是从山后直接就蹦了出来,乍然间光芒万丈。灰苍苍的天空先被朝霞映成红色,接着,就转为澄净的蔚蓝。灰苍苍的大地重现生命的力量,树是苍翠的绿,枫树林是红黄绿三色杂陈。蜿蜒的小河，是大地上一条白色的缎带。

夏磊终于掉头去看大地、看太阳、看天空。刹那间，感到自己的心，和旭日一般，光明磊落！

就这样了。那天早上，他们在望夫崖上，做了这个神圣的决定。两人都感到有壮士断腕般的痛苦，却也有如释重负般的轻松。就这样了，从今以后，一定要牢守这条游戏规则，谁也不能越雷池一步！夏磊觉得，自己一定能牢守规定。自从童年开始，梦凡就是他的小影子。在成长的过程中，总是她主动地追随着他。所以，只要梦凡不犯规，他自认就不会犯规。可是，接下来的日子里，他一点儿也不轻松。梦凡出现在他每个梦里，每个思想里，每页书里，每盏灯下，每个黎明和黄昏里。他竟然甩不掉她，忘不掉她！见不到她时，思绪全都萦绕着她，见了面时，心中竟翻滚着某种狂热的渴望……那渴望如此强烈，绝非兄妹之情！他一下子就掉进了水深火热般的挣扎中，每个挣扎都是一声呼唤：梦凡！无穷无尽的挣扎是无穷无尽的呼唤：梦凡、梦凡、梦凡、梦凡……

这就是故事一开始时，夏磊为什么会站在望夫崖上，心里翻腾汹涌着一个名字的前因后果了。望夫崖上，有太多的挣扎；望夫崖下，有太多的回忆！过去的点点滴滴，由初见梦凡，到相知，到相恋，到决心化男女之爱到兄妹之情……长长的十二年，令人心醉，又令人心碎！

是的，就是如此这般的令人心醉，又令人心碎！梦凡呵！在无数繁星满天的夜里，在无数晓雾迷蒙的清晨，还有无数落日衔山的黄昏，以及许多凄风苦雨的日子里，夏磊就这样伫立在望夫崖上，极目远眺；走吧！走到天之外去！但是，梦凡呵！这名字像是大地的一部分，从山谷边随风而至。从桦树林，从短松岗，从旷野，从湖边，从丘陵上隆隆滚至，如风之怒号，如雷之震野。夏磊就这样把自己隔入一个进退失据、百结千缠的处境里了。

第十章

无论心里有多么苦涩,日子总是一天一天地挨过去了。由秋天到冬天,夏磊整整一季,苦守着自己的誓言,虽然和梦凡朝夕相见,却丝毫不敢越雷池一步。梦凡渐渐地瘦了,憔悴了,苍白而脆弱。两人交换的眼光里,总是带着深刻的,无言的心痛,会痛得人昏昏沉沉,不知东西南北。夏磊真不知道,在这种折磨中,他到底还能撑持多久。

所有的矜持,所有的努力,却瓦解在一次醉酒上面。

会喝醉酒,是因为康勤。

这晚,夏磊在一种彷徨无助的心情下,到了康记药材行。谁知,康勤却一个人在那儿喝闷酒。时间已晚,店已经打烊了,康勤面对着一盏孤灯,看来十分落寞。

"好极了!"康勤已带几分酒意,看到夏磊,精神一振,"我正在百无聊赖,感怀自伤,你来了,我总算有个伴了!磊少爷,坐下!喝酒!喝酒!"

夏磊坐下来就举杯。"为这'磊少爷'三个字,罚你三杯!"他激动地嚷着,"你三代受康家之恩,我两代受康家之恩,彼此彼此,谁也不比谁强!何况,这是什么时代了,还有'少爷'?"

康勤凄然一笑。"不管你是什么时代,这少爷、小姐、老爷、奴才都是存在的!许多规矩,是严不可破的!"

夏磊被深深撞击了,眼中闪过了痛楚。

"康勤,你有话直说,不要兜圈子吧!"

康勤一怔。愣愣地看着夏磊。

"我并不是在说你……"

他忽然注意到康勤的萧索和凄苦了。

"难道你也有难言之痛吗?"

康勤整个人痉挛了一下。

"喝酒!小磊,让我们什么话都不要说,就是喝酒吧!管它今天明天,管它有多少无可奈何,我们就让它跟着这酒,一口咽进肚子里去!"

"说得好!"夏磊连干了三大杯。酒一下肚,要不说话是根本不可能的,他看着康勤,如获知己。"康勤啊,我真的快要痛苦死了!这康家,是养育我的地方,也是我所有痛苦的根源!我真恨自己啊!为什么要有这么多情感呢?人如果没有情感,不是可以快乐很多吗?我为什么不是风,不是树木,不是岩石呢?我为什么做不到无爱无恨呢?我真恨自己啊!"

康勤震惊地看夏磊:"小磊!把这个恨,也一口咽进肚里吧!我陪你!"说着,康勤就干了杯子。"好好好!"夏磊连声说,"把所有的爱与恨,种种剪不断理不清的思绪,统统咽进肚子里去!"他连干了三杯。

"干得好!"康勤涨红了眼圈,"你是义子,我是忠仆,你不能不义,我不能不忠!人生,是故意给我们出难题!存心要把我们打进地狱里去!"

"是呵是呵!"他喊着,完全弄不懂康勤为什么如此激动,却因康勤的激动而更加激动,"明知不该爱而爱!这就是忘恩负义!我这样割舍不下,牵肠挂肚,简直是可耻的事,梦凡,她是天白的妻子呀!我真罪孽深重,不仁不义呀!"

康勤惊怔着,整个人都亢奋着。

"罪孽深重的人是我,是我啊!"

"不不,是我是我!"夏磊喊着。

"你只知道自己,不知道我啊!如果是在古时候,我是要在脸上刺字的!我——该死啊!"

"我才该死啊!"两人就这样你一言,我一语,你一杯我一杯,说着,喝着,然后就哭着,说着,最后是哭着,喝着。夏磊酒量不深,终于大醉了。醉得又拍桌子,又摔杯子,又跳又叫,又哭又笑地大闹起来:"什么样的人生嘛！自己都做不了主！太荒谬了！太可笑了！什么夏磊嘛！根本是个骗子！骗子！大骗子！骗天白，骗干爹，骗梦凡，骗自己！什么兄妹之情嘛！混蛋！说的比唱的还好听！混蛋！一嘴的仁义道德，满肚子的思念不舍，混蛋！虚伪！伪君子！小人！卑鄙！"他踢开凳子，脚步踉跄地歪歪倒倒，振臂狂呼："你给我滚出来！夏磊！我要揍扁你！揍得你原形毕露……"康勤一急，酒醒了大半。

"完了！这下完了！"他赶快去扶住夏磊，"没想到你酒量这么差！趁你还走得动，我送你回家吧！"

康勤扶着夏磊，走进康家大院，无论康勤和老李怎样制止，夏磊一路呐喊着，大吼大叫个不停：

"呵！这是康家！康家到了！快！康勤！康福！康忠！银妞！翠妞！胡嬷嬷……你们都快去给我把夏磊揪出来！我今天要为干爹报仇！快呀……"

整个康家，全体惊动了。秉谦、咏晴、心眉、梦凡、梦华以及丫头仆佣，纷纷从各个角落里奔来，惊愕地，震动地，不可思议地看着夏磊和康勤。

"天啊！"心眉面色如纸，"康勤，你，你，你带着他喝酒！"

"康勤！"康秉谦怒吼一声，"怎么回事？你怎么让他喝得这么醉？"

"老爷！对不起！"康勤的酒，已经完完全全醒了，

"真的不知道,他这样没酒量!是我的疏忽!"

夏磊站不稳,一个颠踬,差点儿跌倒。

梦凡发出一声痛极的惊呼:

"啊!夏——磊!"她伸出手去,想扶夏磊,又收回手来,不敢去扶。

康勤与老李早就一边一个,架住了夏磊。

这样一折腾,夏磊看到梦凡了。这一下不得了,他对着梦凡,就大吼大叫了起来:

"梦凡,你记得你给我的那个陀螺吗?那是我第一次有陀螺!那个陀螺真有趣极了,会在地上转转转,不停地转!如果快倒了,用鞭子一抽,它又转起来,转转转转转……我现在就像个陀螺,转转转转转……"他抬头看天,又低头看地,"哈哈!天也转,地也转,房子也转,我就这样不停地转……你不要怕我倒下去,你有鞭子啊,你可以抽下来啊……"

梦凡震动极了,抬着头,她呆呆看着夏磊,泪水在眼眶里打转,她必须用全力来控制,才不让泪水滚出来。

梦华一个箭步走上前去,伸手撑住夏磊:

"夏磊!快回房间去吧!看你把爹娘都闹得不能睡觉!走吧!快去!"夏磊一把抓住梦华,忽然间热情奔放。

"我告诉你,天白,兄弟就是兄弟,我们在旷野里结拜,绝不是拜假的!"梦华甩开了夏磊的手,非常不悦地说：

"我是梦华！不是天白！"

夏磊怔怔地倾过去看梦华：

"你几时变成梦华的？"他诧异地问。

康秉谦实在气坏了，大步上前，他怒声说：

"夏磊！你给我收敛一点儿！半夜三更，喝得醉醺醺的胡言乱语！你看看！你像什么？你这样不学好，让我痛心！你真气死我了！"夏磊一见康秉谦，顿时挣开了康勤、老李，直奔到康秉谦面前去，东倒西歪，勉勉强强地想站稳，一面对自己怒喝：

"干爹来了！你还不站好！站好！立正！敬礼！鞠躬……"他一面喊着口令，一面对康秉谦立正，行军礼，又鞠躬，头一弯，整个人就刹不住车，撞到康秉谦身上去了。

"啊……"梦凡又惊叫出声。

胡嬷嬷、康勤、老李、银妞、翠妞……大家七手八脚，扶住了夏磊，各人嘴里喊各人的，要劝夏磊回房去。夏磊却力大无穷似的，挣开了众人，抓住康秉谦，急切地、语无伦次地说："干爹，你不要生气，我一定要告诉你，我是多么多么尊敬你的！虽然你不见得能了解我，你墨守成规，固执己见！你造成我心中永远的痛！可是，我还是尊敬你的！就因为太尊敬你，才把我自己弄成这副德行……"

"胡嬷嬷!"咏晴插进嘴来,"你们几个,给我把他拖回房里去!不许他再闹了!"

"是!"大家应着,又去拉夏磊,"走吧!走吧!"

"我会走的!"夏磊忽然大声喊,"不要催!我会走得远远的!我会让你们再也见不到我!"

"啊……"梦凡再低呼,把手指送到嘴边,用牙齿紧紧咬着,以阻止自己叫出声。夏磊又大力一冲,胡嬷嬷等六七双手,都抓不住他,他紧紧缠着康秉谦:"干爹!你不要这样生气,你听我说,我不敢辜负你的!我真的不敢!我永远记得当年在东北,你安慰我爹,你让他死而无憾!你收养了我!"他哭了起来:"你还收了我爹的尸,葬了他……你瞧,我不是统统记得吗?我怎么敢不感恩?您的恩重如山,即使要让我粉身碎骨,我也该甘之如饴的!所以,让我去痛吧!让我痛死吧!是我欠您的!干爹!谢谢!谢谢你赐给我的一切一切!请再接受我郑重的一鞠躬……"

夏磊弯腰鞠躬,这一弯,就整个软趴在地上,再也无力起来了。康秉谦又惊又怒地看着地上的夏磊,被夏磊那番莫名其妙的话弄得心痛无比。醉后吐真言!他的话中为什么有这么多的"怨"?难道如此仁至义尽,夏磊还有不满意?他越想越气,抬头大声说:"康忠,去给我提一桶水来!"

"是!"康忠领命而去。

"爹……"梦凡小小声地叫,泪水在眼中滚来滚去。

"秉谦!"咏晴叫,"老爷……"心眉怯怯地,看了康秉谦一眼,又去急急看康勤,眼中的痛楚,绝不会比梦凡少。康勤不敢接触这样的眼光,就试着去扶夏磊。"你们都别拦我!全让开!"康秉谦大叫。

康忠提了水过来,康秉谦接过水桶,对着夏磊就哗啦啦地一淋。夏磊浑身湿透,连打了两个喷嚏,整个人清醒了过来。坐在地上,他满头滴着水,惊痛地注视着满院子的人,知道自己又闯了祸。"你给我进祠堂里来!"康秉谦沉痛地说,"我们一起去见你爹!"他一把拉起夏磊。

夏磊走进祠堂,一看到父亲的牌位,不由得双膝点地,扑通跪倒,泪盈于眶了。"爹!"他悲痛地喊着,"请您在天之灵,给我力量,给我指示!告诉干爹,我真的不要让他伤心呀!"

"牧云兄!"康秉谦也对牌位注视着,"我该拿他怎么办?管他,他说他不是我的亲生子,不管他,他就这样令人痛心啊!"

"干爹!"夏磊拜倒于地,一迭连声地说,"原谅我!原谅我!原谅我!"

这天晚上,夏磊彻夜无眠。

坐在书桌前面,他思前想后,痛定思痛。终于,他下定了决心,扬起笔来,他写下一封信:

干爹，干娘：

　　在这离别的前一刻，我心中堆砌着千言万语，想对你们说，却不知从何说起！

　　回忆我自从来到康家，就带给你们无数的烦恼，我虽然努力又努力，始终无法摆脱我与生俱来的一些习性，一种来自原始山林的无拘无束。因而，我成长于康家、学习于康家，却从不曾像梦华、梦凡般，与康家达到水乳交融的地步！

　　其实，我心里也是很苦闷的，自幼，我在山林中来去自如，养成孤傲的个性。在康家成长的过程中，却时时刻刻，必须约束自己。总觉得干爹义薄云天，才收养了无家可归的我！所以，我毕竟是个"外人"。有时，竟为此感到自卑。这样，当"自卑"与"自卑"在我心中交战时，我竟变成了那样一个不可理喻的人了！那样一个不可亲近的人了！

　　干爹、干娘！其实，我的心是那样热腾腾的，我深爱你们，深爱梦华、梦凡，以至于天白、天蓝和康家所有所有的人！这份热爱竟也困扰着我了！不知爱得太多，是不是一种僭越！于是，热腾腾的心往往又会变得冷冰冰，欲进反退，欲言又止，我就这样徘徊在康家门前，弄不清自己可以爱，还是不可以爱！干爹啊，个中矛盾，真不是我三言两语说得清楚的！或者，在久远久远以后，你终究会有了解我的一天！

带着忏悔，带着不舍，我走了！干爹，干娘，请相信我，有朝一日我会再回来的！请不要以我为念！我将永远永远记住你们！希望，当我回来的那一天，你们会更喜欢那个蜕变后的小磊！别了！恭祝

健康幸福！

儿磊留字

夏磊把信封好，放在一旁。想了想，又提笔写下：

梦凡：

我带走了你送我的陀螺，这一生，我都会保有它，珍藏它！

请为我孝顺干爹干娘，请为我友爱梦华、天蓝，请为我报答胡嬷嬷、康勤、眉姨、银妞、翠妞……诸家人。尤其，请为我——特别体恤天白！别了！愿后会有期！并千祈珍重！

兄磊留字

夏磊把两封信的信封写好，搁笔长叹，不禁唏嘘。把信压在镇尺下面，他站起身来，看着窗子，天已经蒙蒙亮了，曙色正缓缓地漾开。窗外的天空，是一片苍凉的灰白。

夏磊提起简单的行囊，凄然四顾，毅然出屋而去。

第十一章

　　追风静静地伫立在马厩里,头微微地昂着,晓色透过栅栏,在马鼻子上投下一道光影。夏磊拎着行囊,走了过去,拍了拍马背,哑声地低语:"追风,十二年前,我们曾经出走过一次,却失败而归,才造成今日的种种。现在,我们是真正的要远行了!"

　　追风低哼了一声,马鼻子呼着热气。夏磊把行囊往马背上放好,再去墙角取马鞍。这一取马鞍,才赫然发现,马厩的干草堆上,有个人影像剪影般一动也不动地坐着。

　　"梦凡!"夏磊失声惊呼,"你怎么在这里?你在这里做什么?"梦凡站起身来了,慢慢地,她走近夏磊,慢慢地,她看了看马背上的行囊,再掉头看着夏磊。她的眼光落在他脸上,痴痴地一瞬也不瞬。她的声音也是缓慢地，滞重地，带着微微的震颤："要走了？决定了？"夏磊震动地站着，注视着梦凡，思想和神志全凝固在一起。一时间，什么话都说不出来。

"从昨天半夜，你被爹叫进祠堂以后，我就坐在这儿等你！"梦凡缓慢地吸了口气，"兄妹一场，你要走，我总该送送你！"

"你……"夏磊终于痛楚地吐出了声音，"你已经料到我要走了？"

"哦，是的！"梦凡应着。"十二年了，你的脾气，你的个性，我都看得清清楚楚！这一阵子，我们都经历过了最重大的选择，面对过最强大的爱和挣扎，如果我曾痛苦，我不相信你就不曾痛苦！"夏磊怔怔地站着，眼光无法从梦凡那美丽而哀戚的脸庞上移开。"昨夜你喝醉了，"梦凡继续说，"你大闹康家，惊动了家里的每一个人！你的醉言醉语，不知道今天还记得多少？但是，你说过的每一个字，我都记得！你说我是第一个给你陀螺的人，我害你一直转呀转呀转不停。我手里拿着鞭子，每当你快转停的时候，我就会一鞭子挥下去，让你继续地转转转……"夏磊心中搅起一股热流，眼中充泪了。

"我这样说的吗？"

"是的！你说的！"梦凡凝视着他，"我这才知道，我是这么残忍！我一直对你挥着鞭子，害你不停地转！我真残忍……原来，这么多年以来，我一直这样对你！

请你，原谅我吧！"

夏磊强忍着泪，紧紧地盯着梦凡。

"我想，我不该再拿着鞭子来抽你了，如果你不想转，就让你停吧！但是，经过昨夜的一场大闹，经过爹对你的疾言厉色，经过在祠堂里的忏悔，再经过酒醒后的难堪……知你如我，再怎样也猜得到，这次你是真的要走了！如果连这一点儿默契都没有，我还是你所喜欢的梦凡吗？"

夏磊眼睛眨动，泪便夺眶而出。

"所以，我来了！"梦凡的声音，逐渐变得坚强而有力，"我坐在这儿等你！面对你将离开我，这么严重的问题，我没有理智，也无法思想，所以——我又拿着鞭子来了！"

"梦凡！"夏磊脱口惊呼了。

"我不能让你走！"梦凡强而有力，固执而热烈地说，"我舍不得让你走！你骂我残忍吧！你怪我挥鞭子吧！我就是没办法……我就是不能让你走！"

夏磊再也无法自持了，他强烈地低喊了一声：

"梦凡呵！"就向梦凡冲了过去。这一冲之下，梦凡也瓦解了，两人就忘形地抱在一起了。经过片刻的迷失，夏磊震惊地发现梦凡竟在自己怀中，他浑身痉挛，一把推开了梦凡，他踉跄后退，慌乱地，哑声地喊了出来：

"瞧！这就是你挥鞭子的结果！你这样子诱惑我！这

样子迷惑我……不不不！梦凡！我这么平凡，无法逃开你强大的吸引力……我终有一天会犯罪……我必须走！"

他拿起马鞍，放上马背，系马鞍的手指不听使唤地颤抖着。梦凡泪眼看着他，面如白纸。

"不许走！"她强烈地说。

"一定要走！"他坚决地答。

"你走了，我会死！"她更强烈地说。

他大惊，震惊地抬头盯着她。

"你不会死！"他更坚决地答，"你有爹娘宠着，有胡嬷嬷、银妞、翠妞照顾着，有梦华、天蓝爱护着，还有天白——那么好的青年守着你，你不会死！"

"会的！"她固执地，"那么多的名字都没有用！如果这些名字中没有你！"夏磊深抽了口气。"梦凡，你讲不讲理？"

"我不讲理！"梦凡终于嚷了出来，"感情的事根本就无法讲理！你走了，我就什么都没有了！爹和娘不重要了，所有的人都不存在了！什么国家民族，我也不管了！我这才知道，我的世界只有你，你走了，我就什么都没有了！"

夏磊倒退了一步，心一横，伸手解下马缰。

"对不起，我必须走！"

梦凡急忙往前跨了一步，终于体会到夏磊必走的决心了。她昂着头，死死地看着他。

"你一定要走？我怎么都留不住你了？"

"是！"

"那么，"梦凡似乎使出全身的力气，深深地抽了口气，"让我送你一程！"

旷野，依然是当年的旷野。童年的足迹似乎还没有消失，两个男孩结拜的身影依稀存在。不知怎的，十二年的时光竟已悄然隐去。旷野依旧，朔野风寒。旷野的另一端，望夫崖伫立在晓色里，是一幢巨大的黑影。

夏磊牵着马，和梦凡站定在旷野中。

"不要再送了！"夏磊再看了梦凡一眼，毅然转头，跃上了马背，"梦凡！珍重！"梦凡抬着头，傲岸地看着夏磊，不说话。

"再见！"夏磊丢下了两个字，一拉马缰，正要走，梦凡用一种他从未听过的，凄绝的声音，诅咒般地说了出来：

"你只要记得，望夫崖上那个女人，最后变成了一块石头！"夏磊浑身战栗。停住马，想回头看梦凡，再一迟疑，只怕这一回头，终身都走不掉！他重重地，用力地猛拉马缰，追风撒开四蹄，扬起了一股飞灰，绝尘而去。

梦凡一动也不动，如同一座石像般挺立在旷野上。

追风疾驰着，狂奔着。

夏磊头也不回，迎着风，策马向前。旷野上的枯树矮林，很快地被抛掷于身后。

"你只要记得,望夫崖上那个女人,最后变成了一块石头!"梦凡的声音,在他耳边回响。他控着马缰,逃也似的往前狂奔。"望夫崖上那个女人,最后变成了一块石头!"

　　梦凡的声音,四面八方地对他卷来。

　　他踩着马镫,更快地飞奔。

　　"变成了一块石头!变成了一块石头!变成了一块石头!变成了一块石头……"梦凡的声音,已汇为一股大浪,铺天盖地,对他如潮水般涌至,迅速地将他淹没。

　　"变成一块石头!变成一块石头!变成一块石头……"

　　几千几万个梦凡在对他喊,几千几万个梦凡全化为巨石,突然间耸立在他面前,如同一片石之林。每个巨石都是梦凡傲然挺立,义无反顾的身影。

　　夏磊急急勒马。追风昂首长嘶,停住了。

　　"梦凡呵!"夏磊望空呐喊。

　　他再也控制不了自己,掉马回头,他对梦凡的方向狂奔回去。"不要变成石头!请求你……不要变成石头!"

　　他边喊边奔,但见一座又一座的"望夫崖",在旷野上像树木般生长起来。他陡地停在梦凡面前了。

　　梦凡仍然傲岸地仰着头,动也不动。

　　他翻身落马,扑奔到她的身边,害怕地,恐惧地抓住了她的手臂,猛烈地摇动着她。

　　"不要变成石头!求求你,不要变成石头!不要!不要！不要……"梦凡身子僵直，伫立不动，似乎已经成了化石。夏磊心中痛极，把梦凡用力一搂，紧揽于怀，他悲苦地，无助地哀呼出声："我不走了！不走了！你这个样子，我怎能舍你而去？我留下来，继续当你的陀螺，为你转转转，哪怕转得不知天南地北，我认了！只要你不变成石头，我做什么都甘愿！"

梦凡那苍白僵硬的脸，这才有了表情，两行热泪，夺眶而出，沿颊滚落。她抱住夏磊，痛哭失声。一边哭着，她一边泣不成声地喊着："你走了！我的魂魄都将追随你而去，留下的躯壳，变石头，变木头，变什么都没关系了！"

"怎么没关系！"夏磊哽咽着，语音沙嘎，"你的躯壳和你的魂魄，我无一不爱！你的美丽，和你的愚蠢，我也无一不爱呀！"梦凡震动地紧偎着夏磊，如此激动，如此感动，她再也说不出话来。追风静静地站在他们旁边，两人一骑，就这样久久、久久地伫立在广漠的旷野中。

这天晚上，夏磊和梦凡一起烧掉了那两封留书。

既然走不成，夏磊决心要面对天白。

"这并不困难，"夏磊看着那两封信，在火盆中化为灰烬，掉头凝视梦凡，"我只要对天白说，我努力过了，我挣扎过了，我已经在烈火里烧过，在冰川中冻过，在地狱里煎熬过……我反正没办法……我只要对他坦白招认,然后,要打要骂要惩罚要杀戮,我一并随他处置……就这样了!这……并不困难,我所有要做的,就是去面对天白!只有先面对了天白,才能再来面对干爹和干娘!是的!我这就……面对天白去!"

梦凡一言不发,只是痴痴地、痴痴地凝视着他,眼中绽放着光彩。应该是不困难的!但是,天白用那么一张信赖、欢欣、崇拜而又纯正无私的面孔来迎向他,使他简直没有招架的余地。在他开口之前,天白已经嘻嘻哈哈地嚷开了:

"你的事我已经知道哩!统统都知道了!"

"什么?"他大惊,"你知道了?"

"是啊!"天白笑着,"梦华来我家,把整个经过都跟我们说了!我和天蓝闻所未闻,都笑死了!"

"梦华说了?"他错愕无比,"他怎么说?"

"说你喝醉了酒,大闹康家呀!"天白瞪着他,眼睛里依旧盛满了笑,"你对着康伯伯,又行军礼,又鞠躬,又作揖……哈哈!有你的!醉酒也跟别人的醉法不一样!你还把梦华当做是我,口口声声说拜把子不是拜假的!"天白的笑容一收,非常感动地注视着他,重重地拍了他一下。"夏磊,你这个人古道热肠,从头到脚,都带着几分野性,从内到外,又带着几分侠气!如果是古时候,你准是七侠五义里的人物!像南侠展昭,或是北侠欧阳春!"

"天白,"他几乎是痛苦地开了口,"不要对我说这些话,你会让我……唉唉……无地自容!"

"客气什么,恭维你几句,你当仁不让,照单全收就是了!"天白瞪了他一眼,"其实,你心里的痛苦我都知道,寄人篱下必然有许多伤感!但是,像你这样堂堂的男子汉,又何必计较这个?康伯伯的养育之恩,你总有一天会报的!你怕报答不够,我来帮你报就是了!你是他的'义子',我是他的'半子'呀!"夏磊凝视天白,应该是不困难的,但,他却一个字也说不出口!半个字也说不出口!

说不出口,怎样回去面对梦凡?

夏磊不敢回康家,冲进野地,他踢石头,捶树干,对着四顾无人的旷野和云天,仰首狂呼:

"夏磊!你完了!你没出息!你懦弱!你混蛋!你敢爱而不敢争取……你为什么不敢跟你的兄弟说——你爱上了他的未婚妻!你这个孬种!你这个伪君子……"

喊完了,踢完了,发泄完了……他筋疲力尽地垂着头,像个战败的公鸡。

那天深夜,把自己折腾得憔悴不堪,他不敢回康家,怕见到梦凡期待的脸孔。那么彷徨,那么无助,他来到康记药材行门前,在这世上,唯一能了解他的人,就是康勤了!康勤!救命吧!康勤,告诉我,我该怎么办?

康记药材行的门已经关了,连门上挂的小灯笼也已

经熄灭了。夏磊推推门,里面已经上了闩。他扑在门上,开始疯狂般地捶门,大嚷大叫着:

"老板!开门哪!不得了!有人受重伤!老板!救命哪!老板!快来呵!救命哪……"

一阵乱嚷乱叫以后,门闩"哗啦"一响,大门半开,露出康勤仓皇惊慌的脸,夏磊撞开了门,就直冲了进去。

"有人到了生死关头,你还把门关得牢不可破……"他冲向康勤的卧室门口,"快把你藏在屋里的花雕拿出来,我需要喝两杯……"

"磊少爷……"康勤惊呼,"不要……"

来不及了,夏磊已撞开了卧室的门,只见人影一闪,有个女人急忙往帐后隐去,夏磊一颗心跳到了喉咙上,惊愕至极,骇然地喊了一声:"眉姨!"心眉站住了,抬起头来,面如死灰地瞪视着夏磊。

康勤慌张地把门重新闩好,奔过来,对着夏磊,就直挺挺地跪了下去。"磊少爷!不能说呀!你千万不能说出去呀!"

心眉见康勤跪了,就害怕地也跪下了:

"小磊!我求你,别告诉你干爹干娘,只要说出去一个字,我们两个就没命了!"夏磊瞪视着心眉和康勤,只觉得自己的心脏,掉进了一个深不见底的深谷里去了。

"你们……你们……"他结舌地说,几乎不敢相信这个事实,"你们背叛了干爹?你们……居然……"

"磊少爷!"康勤哀声说,"请原谅我们!一切的发展,都不是我们自己所能控制,实在是情非得已呀!"

"怎么会这样?"夏磊太震惊了,显得比康勤、心眉还慌乱,"我完全被你们搅乱了!你们起来,不要跪我……"

"千错万错,都是我错!"心眉双手合十,对夏磊拜着,"我不该常常来这儿,学什么处方配药!我不该来的!但是,小磊,你也知道的,我在家里是没有地位的,那种失魂落魄的生活,我过得太痛苦了呀!"她看了康勤一眼。"康勤……他了解我,关心我,教我这个,教我那个,使我觉得,自己的存在又有了价值,于是我就常常来这里找寻安慰……等我们发现有了不寻常的感情时,我们已经无法自拔了!"

"可是,可是,"夏磊又惊骇,又痛苦,"眉姨!你们不能够!这种感情,不可能有结果,也不可能有未来呀!你们怎么让它发生呢?"康勤羞惭无比地接了口:

"我们都知道!我们两个,都不是小孩子,都经历过人世的沧桑,我们应该会控制自己的感情,可是,人生的事,就是无法用'能够'与'不能够'来预防的!小磊,你不是也有难言之痛吗?"夏磊的心口一收,说不出来地难过。

"小磊,你是始作俑者啊!"心眉急切地说:"是你从五四回来,大声疾呼,每个人都有争取快乐的权利,是你一语惊醒梦中人,让我从沉睡中醒过来!"

"哦!"夏磊狠狈地后退,扶住一张椅子,就跌坐了下去,"我怎么会说这么多话?说了,却又没有能力为自己的话收拾残局!老天啊!"他惊慌地看着两人,越来越体会到事情的严重性。"你们怎么办?如果给干爹知道了……康勤,眉姨,你们……老天啊,你们怎么办?"

康勤打了个冷战。"磊少爷!所以,求你千万别说!对任何人都不能说!对梦凡小姐或天白少爷,都不能说呀!"

"是!是!是!"心眉害怕极了,声音中带着颤抖,"如果给你干爹知道了,我们两个,是根本活不成的!康勤是他的忠仆,我是他的姨太太,我们就像这药材行一样,是有'康记'字样的!"

"是啊,你们明知道的!"夏磊更慌了,"你们明知故犯!我现在才明白了!我早该看出来的!我真笨!可是,可是,你们到底要怎么办呢?"他激动地抓住康勤,"康勤,干爹承受不了这个!即使他能承受,他也不会容忍!即使他能容忍,他也不会原谅……你们,你们悬崖勒马吧!好不好?好不好?我们离开这个房间,就当什么事都没发生过!我不说,你们也不说,把这件事整个忘掉,好不好?好不好?你们再也不要继续下去,好不好?"康勤惭愧无比,痛心地看了看心眉,再看夏磊:

"你这样吩咐,我就照你的吩咐去做!"他转向心眉,"小磊说得对,悬崖勒马!在我们摔得粉身碎骨之前,唯有悬崖勒马一条路了!"心眉垂下头去,泪水大颗大颗地涌了出来,一串串地滚落了下去。"小磊,"她哽咽地,"我会感激你一生一世,只要这事不声张出去,我……我……我们……都听你的!悬崖勒马,我……我们就……悬崖勒马!"

夏磊站起身子,迫不及待地去扶心眉。

"眉姨,我们快回家吧!回去以后,谁都别露声色!走吧!再不走,夜就深了!"心眉慌慌张张地站起身子,情不自禁地,眼光又投向康勤,满眼的难舍难分。"康勤……"她欲言又止,身子摇摇欲坠。

康勤也站了起来,望着心眉,他伸手想扶她,在夏磊的注视下,他勉强克制了自己,把手硬生生地收了回来。

"我都懂的,你别说了!"他凄凉地回答,"能生活在同一个屋檐下,彼此都知道彼此,偶尔见上一面,心照不宣,也是一种幸福吧!……也就够了!你,快去吧!"

夏磊看着两人,依稀仿佛,他看到的是自己和梦凡,他的心脏,为他们两个而绞痛,一时间,只感到造物弄人,莫过于此了。但,他不敢再让他们两人依依惜别,重重地跺了一下脚,他简单地说:"走吧!"心眉不敢犹豫,抹抹泪,她惶惶然如丧家之犬,心碎地跟着夏磊去了。

发现了康勤这么大的秘密，夏磊整个人都被震慑住了。在害怕、焦虑、担心、难过……各种情绪的压力下，还有那么深刻的同情和怜恤。他同情心眉，同情康勤，也同情康秉谦。看到康秉谦毫不知情地享受着他那平静安详的日子，坚称"恬淡"就是幸福。夏磊心惊胆战。每次走进康家那巍峨的大门，每次穿过湖心的水榭，每次看着满园的银杏石槐，和那些曲径回廊时，他都感到康家的美景只是一个假象，事实上却是乌云密布，暗潮汹涌，而大难将至。

这些"暗潮"中，当然包括了自己和梦凡。在"康记"的事件之后，他几乎不敢再去想梦凡，不敢再去碰触这个问题。但是，梦凡见到夏磊一连数日，都是愁眉深锁，对她也采取回避的态度，她心里就明白了！夏磊不敢告诉天白！他怎样都开不了口！她失望极了。失望之余，也有愤怒和害怕；夏磊不对了！夏磊完全不对了！他整个人都在瑟缩，都在逃避，他甚至不肯面对她，也不肯和她私下见面了！她又恐惧又悲痛，夏磊啊夏磊！你到底要把我们这份感情，如何处理？经过了旷野上"欲走还留"的一场挣扎，你如果还想一走了之，你就太残忍太无情了！梦凡心底，千缠百绕，仍然是夏磊的名字。最深的恐惧，仍然是夏磊的离去。

这天一清早，梦凡忍无可忍，在夏磊门前拦截了他。四顾无人，梦凡拉着他，强迫地说：

"我们去小树林里谈个清楚！走！"

在梦凡那燃烧般的注视下，夏磊无法抗拒。他们来到了小树林，康家屋后的小树林，童年时，夏磊来到康家的第一个早晨，就曾在这小树林中，无所遁形地被梦凡捕捉了。如今，他们又站在小树林里了。

"夏磊，听我说！"梦凡面对夏磊，一脸的坚决，"你不要再举棋不定，你不要再矛盾了！我已经决定了——我们一起私奔吧！"

"你说什么？"夏磊大吃了一惊。

"私奔！"梦凡喊了出来，面容激动，眼神坚定，"我想来想去，没有其他办法了！你不是一直想回东北吗？好！就回东北吧！我们一起回东北！"

夏磊深抽了口气，眼光灼灼地盯着梦凡。

"私奔？你居然敢提出这两个字！梦凡呵！你追求爱情的勇气，实在让我佩服！坦白说，这两个字，也在我脑海中盘桓过千百次，我就是没有勇气说出来！"

"那么，就这样办了！"梦凡更加坚决了，"我们定一个计划，收拾一点儿东西，说走就走！"

夏磊怔怔地看着梦凡。

"可是，我们不能这样办！"

"为什么？"梦凡大怒起来，"我已经准备为你奉献一切了！跟着你颠沛流离，吃苦受罪我都不怕！离乡背井，告别爹娘，负了天白……我都不顾了！我就预备这样豁出去，跟着你一走了之！你怎么还有这么多的顾虑？你到底在想些什么？你说！你说！"

"我们如果私奔了，干爹干娘会陷进多么绝望的打击里！一个是他们的掌上明珠，一个是视如己出的义子……这种恩将仇报的事，我实在做不出来！何况天白……我们会把他对人世的热情一笔勾销，我们会毁掉他……不不，我们不能这样做的！"

"你胆小！你畏缩！"梦凡绝望极了，泪水夺眶而出。她双手握着拳，对他又吼又叫地大嚷了起来："你顾忌这个，你顾忌那个！你既不敢向全世界宣布你对我的爱，又不敢带着我私奔！你只会鼓吹你的大道理，一旦事到临头，你比老鼠还胆小！你这样懦弱，真让我失望透了！"她用袖子狠狠地一拭泪，更愤怒地喊："我终于认清楚你了！你这个人不配谈爱情！你的爱情全是装出来的！你满口的仁义道德，只为了掩饰你的无情！你只想当圣人，不想为你所爱的女人做任何牺牲……事实上，你只爱你自己，只爱你所守住的仁义道德！你根本不爱我，你从来没有爱过我……你是如此虚伪和自私，你让我彻底地失望和绝望了！"

夏磊大大地睁着眼睛，紧紧地盯着梦凡，随着梦凡的指责，他的脸色越来越白，呼吸越来越急促。他内心深处，被她那么尖利的语言，像一刀一刀般刺得千疮百孔，而且流血了。他不想辩白，也无力辩白。头一昂，他勉强压制住受伤的自尊,僵硬地说:"既然你已经把我认清楚了,我们也不必再谈下去了!你说得都对!我就是这样虚伪懦弱!"

说完,他转过身子,就预备走出林去。

"夏磊!"梦凡尖叫。她的声音那么凄厉,使夏磊不得不停住了步子。他站着,双目平视着前面的一棵桦树,不愿回头。

梦凡飞奔过来,从夏磊背后一把抱住他的腰,痛哭了起来,边哭边喊着:"原谅我!原谅我!原谅我……我口不择言,这样伤害你,实在是因为我太爱太爱你呀!我愿意随你远去天涯海角,也愿意和你一起面对责难,就是无法忍受和你分开呀!"

夏磊转过身子,泪,也跟着落下。

"梦凡,你知道吗?你说的很多话都是对的!我胆小,我懦弱,我顾忌太多……你可以骂我,可以轻视我,但是,绝对绝对不可以,怀疑我对你的爱情!如果不是为你这样牵肠挂肚,我可以活得多么潇洒快乐,多么无拘无束,理直气壮!你说我根本不爱你,这句话,哦!"他痛楚地咽了口气,"我不原谅你,我不要原谅你!我——会恨你!因为恨你比爱你好受太多太多了!"

"不不不!"梦凡狠狠地用手捧住夏磊的脸,泣不成声地说,"不要恨我!不要恨我!我是这么这么这么样的爱你,你怎么可以恨我呢?……"夏磊崩溃在梦凡那强烈的表白下，忘了一切。忘了道德枷锁，忘了康家天白，忘了仁义礼教，忘了是非曲直……他紧拥着她，把自己灼热的唇，狂热地紧压在她那沾着泪水的唇上。

这是他第一次吻她，天旋地转，万物皆消。

他不知道吻了她多久。忽然间，有个声音在他们耳边爆炸般地响了起来："夏磊！梦凡！"夏磊一惊，和梦凡乍然分开。两人惊愕地抬头，只见梦华双手握拳，怒不可遏地对着他们振臂狂呼：

"好呀！你们两个！躲在这树林里做这样见不得人的事！夏磊！你混蛋！你欺负我妹妹！你凭什么吻她！你不要脸！你无耻！你下流！"他挥起拳头，一拳打到夏磊下巴上。夏磊后退了一步，靠住树干，他抬头迎视着梦华，忽然觉得一块石头落了地，所有混沌的局面都打开了。他深深吸口气，斩钉截铁地，坚定有力地说："梦华，我没有欺负你妹妹，我是爱上她了，完全无法自拔地爱上她了！就算要遭到全世界的诅咒，我也无可奈何，我就是这样不可救药地爱上她了！"

第十二章

　　夏磊和梦凡的相恋,像一个威力强大的炸弹,轰然巨响,把整个康家,顿时炸得七零八落。

　　康秉谦的反应,比夏磊预料的还要强烈。站在康家的大厅里,他全然无法置信地看着夏磊和梦凡,好像他们两个,都是来自外太空的畸形怪物,是他这一生不曾见过,不曾接触,不曾认识,更遑论了解的人类。他喘着气,脸色苍白,眼神错愕,震惊得无以复加。"小磊,"他低沉地说:"快告诉我,这是一个误会!是梦华看错了!对不对?"

　　"干爹!"夏磊痛楚地喊,"我不能再欺骗你了,也不能再隐瞒你了!请你原谅我们,也请你成全我们吧!"

　　咏晴立即用手蒙着脸,哭了起来。好像人生最羞耻的事,就是这件事了。一面哭着,一面倒退着跌进椅子里，银妞、翠妞两边扶着，她仍然瘫痪了似的，坐也坐不稳。

"秉谦啊！这可怎么是好呀？"她哆哆嗦嗦地嚷着，"家里出了这样的丑事，我怎么活呀？"

"小磊，"康秉谦兀自发着愣，"你所谓的原谅和成全，到底是什么意思？"

"爹呵！娘呵！"梦凡扑了过来，哭着往地上一跪。"我和夏磊真心相爱，我此生此世，跟定夏磊了！爹呵！请您帮助我们吧！答应我们，允许我们相爱吧！"

康秉谦死死盯着梦凡，再掉回眼光来，死死盯着夏磊。他逐渐明白过来，声音沉重而怆恻：

"小磊，这就是你所做的，轰轰烈烈的大事吗？"

夏磊的身子晃了一下，似乎挨了狠狠的一棍，脸色都惨白了。但他挺直了背脊，义无反顾地说：

"我知道我让您伤透了心，我对不起您，对不起天白，对不起康家的每一个人！但是，我已经很努力地尝试过了，我们千方百计地想要避开这个悲剧，我们避免见面，不敢谈话，约定分手……但是，每挣扎一次，感情就更强烈一次！我们实在是无可奈何！干爹，干娘，发生的事就是发生了，我爱梦凡，早就超越了兄妹之情，我爱得辛苦而又痛苦！这么久的日子以来，我一直徘徊在爱情与道义之间，优柔寡断，害得梦凡也跟着受苦，现在，我无法再逃避了！一个男子汉大丈夫，该对自己的行为负责任,虽然我违背了道义,毕竟对我自己是诚实的,我就是和梦凡相爱了!请你们不要完全否定我们,排斥我们……请你们试着了解,试着接纳吧!"

康秉谦闻所未闻,见所未见,目瞪口呆地听着夏磊这篇话。他终于听懂了,终于弄明白这是事实了。他深深地抽了一口冷气,忽然间大喝出声:

"男子汉大丈夫!夏磊,是你在用这几个字吗?你怎敢如此亵渎这个名词!男子汉大丈夫不做亏心之事!男子汉大丈夫不夺人所爱!男子汉大丈夫要上不愧于天,下不怍于人!像你这样偷偷摸摸,鬼鬼祟祟,纠缠梦凡,是非不分……你,居然还敢自称'男子汉大丈夫'!你配吗?配吗?你这样伤我的心,折辱我们康家的名誉,你对得起我?对得起你爹在天之灵吗?……"夏磊被康秉谦的义正词严给打倒了,面容惨白,哑口无言。"爹!"梦凡凄厉地大喊了一声,膝行到康秉谦的面前,拉住康秉谦的衣摆,不顾一切地喊,"你不要逼夏磊!这不是他的错!是我,是我!都是我的缘故!他根本不敢爱我,是我不放过他的!他一直躲避我,一直拒绝我,是我一再又一再去缠住他的!好几次,他退开了,好几次,他提议分手,他甚至留书要离开康家回东北了,是我哭着喊着把他苦苦留下来的!是我,是我这样一次又一次地去缠着他的!爹!自从十二年前,你把他从东北带来,那第一个晚上,我听了他的故事,抱着我心爱的小熊去给他做伴,从那时起,就已经命中注定了!我心里就再也没有别人了!就只有他一个!十二年了,我就这样追在他后面,纠缠了他十二年……"

康秉谦瞪着梦凡,气得快晕倒了!这算什么话!从未想到,一个女孩子竟说出这种话!他忍无可忍,举起手来,他用力一巴掌挥了过去。梦凡跌倒于地,他仍然心有未甘,冲过来,提起脚就踹,怒声大吼:

"你这个寡廉鲜耻的东西!你气死我了!气死我了!你真让康家蒙羞!"夏磊飞快地拦过去,代替梦凡挨了康秉谦一脚。跪下来,他和梦凡双双伏于地:"干爹啊!请您发发慈悲,有一点儿悲悯之情吧!您瞧,我们已经这样一往情深了,割也割不开,分也分不开,您就网开一面……允许我们相爱吧!"

"不!不!绝不!"康秉谦痛极了,抖着声音喊,"我永远也不会原谅你们!永远也不会接纳你们!你们这样气我,在我的眼皮底下欺骗我!夏磊!你让我怎样向楚家交代?你难道不知道,守信义,重然诺……我是这样活过来的人,一生也不敢毁誓灭信!你……你……你这样置我于不仁不义的境地……你……你……"他太气了,气得说不出话来了,跌跌撞撞地,他冲到窗边,对着窗外的天空,用尽全身的力气大喊了一句:"牧云兄哪!"夏磊震动已极,伤痛已极,伏在地上,动也不能动。

梦凡满脸都是泪。全屋子的人,有的拭泪,有的害怕,有的愤怒,有的畏缩。梦华是一脸的愤愤不平,而心眉,触景伤情,哭得已肝肠寸断。"来人哪!"康秉谦终于回复神志,对外喊着:"康福!康忠!胡嬷嬷!给我把梦凡拖回房去,关起来,锁起来,从今以后,不许让他们见面!来人哪!"

在门外侍立的康福、康忠、胡嬷嬷,大家七手八脚全来拉梦凡,梦凡惨烈地哭喊着:

"爹……求求你……爹……我爱他呀!我这样这样爱他呀……爹,不要关我!不要关我……爹……"

她一路哭喊着,却身不由己地,被一路拖了出去。

梦凡真的被关进了卧房。咏晴、心眉、胡嬷嬷、银妞、翠妞轮番上阵,说服的说服,看守的看守,就是不让梦凡离开闺房一步。梦凡不断地哭着求着解释着,只有心眉,总是用泪汪汪的,心碎的眼光瞅着她,不说一句劝解的话。其他的人,好话,歹话,威胁,善诱……无所不用其极。两天下来,梦凡不吃不喝不睡,哭得泪尽声嘶,整个人瘦掉了一大圈,憔悴得已不成人形。这两天中,夏磊并没有被囚。但是,整个康家,忽然变得没有一个人跟他说话,连一向对他疼爱有加的胡嬷嬷,都板着脸离他十万八千里。他被彻底地隔绝和冷冻了,这种隔绝,使他比囚禁还难过。他像一个被放逐于荒岛的犯人,再也没有亲情、友情,更别说爱情了。夏磊从小习惯孤独,但是绝不习惯寂寞,这种冷入骨髓的寂寞,使他整个人都陷入崩溃边缘。两天下来,他再也按捺不住自己,他冲进梦凡住的小院里,试着要和梦凡联系。胡嬷嬷、老李、康忠忙不迭地把他往院外推,胡嬷嬷竖着眉毛,瞪大眼睛,义正词严地说:

"你把梦凡小姐害成这样子,还不够吗?你一定要把她害死,你才满意吗?走走走!再也不要来招惹梦凡小姐!你给她留一条活路吧!"

"梦凡!梦凡!"他大喊,"你怎样了?告诉我你怎样了?梦凡!梦凡……"梦凡一听到夏磊的声音,就疯狂般地扑向窗子,撕掉窗纸,她对外张望,哭着嚷:

"夏磊!救我!救救我!我快死了!"房内的咏晴、银妞、翠妞、心眉忙着把梦凡拖离窗口,梦凡尖声嘶叫,"娘!娘!放我出去!我要见他!我要见他!"她又扑向门口,大力地拍着门:"放我出去!放我出去……"

康秉谦带着康福来到小院里,一见到这等情况,气得快晕倒了。他当机立断,大声吩咐:

"康忠、康福、老李,你们去拿一把大锁,再把柴房里的木板拿来!她会撕窗纸,我今天就把整个窗子给钉死!咏晴、心眉、银妞、翠妞……你们都出来!不要再劝她,不要和她多费唇舌,我把门也钉死!让她一个人在里面自生自灭!"他对康忠等人一凶,"怎么站着不动?快去拿木板和大锁来!"

"是!"康忠等人领命,快步去了。

"咏晴！你们出来！"康秉谦再大喊。

咏晴带着心眉等人出了房门，康秉谦立即把房门带紧，拦门而立。心眉流着泪喊了一声：

"老爷子啊！你要三思呀！这样下去，会要了梦凡的命！她那样儿……真会出人命呀！"

"是呀是呀！"咏晴抹着泪，一迭连声地应着，"你让我慢慢开导她呀，这样子，她会活不成的……"

"我宁可让她死！不能让她淫荡！"康秉谦厉声说，"谁再多说一句，就一起关进去！"

夏磊看着这一切，只觉得奇寒彻骨，他心痛如绞，他大踏步冲上前去，激动地说：

"干爹，你要钉门钉窗子？你不能这样做！她是你的女儿，不是你的囚犯呀！"

"我不用你来告诉我，我该怎么做！"康秉谦更怒，"这里没有你说话的余地！"康福康忠已抬着木板过来，老李拿来好大的一把大铜锁。康秉谦抓起铜锁，"咔嚓"一声，把门锁上了。

"爹！爹！娘！娘！"梦凡在房里疯狂般地喊叫，"不要锁我！不要钉我！让我出来……"她扑向窗子，把窗纸撕得更开，露出苍白凄惶的脸孔："夏磊，救我！"

"钉窗子！快！"康秉谦暴怒地，"她如此丧失理智，一丝悔意也没有！快把窗子钉死！"

康福康忠无奈地互视，抬起木板，就要去钉窗子。

"干爹！"夏磊飞快地拦在窗子前面，伸出双手，分别抓紧了窗格，整个人贴在窗子上面。"好！"他惨烈地说，"你们钉吧！从我身上钉过去！今天，除非这钉子穿过我的身体，否则，休想钉到窗子！现在，你们钉吧！连我一起钉进去！钉吧！钉吧！"康忠康福怔在那儿，不能动。

咏晴、心眉都哭了。银妞、翠妞、胡嬷嬷也都跟着拭泪。康秉谦见到这种情况，心也碎了，灰了，伤痛极了。

"事到如今，我真是后悔！"康秉谦瞪着夏磊说，"后悔当初，为什么要把你从东北带回来？"

夏磊大大一震，激动地抬起头来，直视着康秉谦。

"你终于说出口了！你后悔了！为什么要收养我？干爹，这句话在我心中回荡过千次万次，只是我不忍心问出口！我也很想问你，为什么要收养我？为什么？"

康秉谦惊愕而震动。"你为什么不把我留在那原始森林里，让我自生自灭？"夏磊积压已久的许多话，忽然倒水般从口中滚滚而出，"我遇到豺狼虎豹也好，我遇到风雪雨露也好，我忍受饥寒冻馁也好……总之，那是我的命啊！你偏偏要把我带到北京来，让我认识了梦凡，十二年来，朝夕相处，却不许我去爱她！你给我受了最新的教育，却又不许我有丝毫离经叛道的思想！你让我这么矛盾，你给我这么多道义上的包袱，感情上的牵挂……是你啊，干爹！是你把我放到这样一个不仁不义，不上不下，不能生也不能死，不能爱也不能恨的地位！干爹，你后悔，我更后悔呀！早知今日，我宁愿在深山里当一辈子的野人，吃一点儿山禽野味，也就满足了！或者，我会遇到一个农妇村姑，也就幸幸福福地过一生了！只要不遇到梦凡，我也不会奢求这样的好女孩子！"他咽了一口气，更强烈地说，"现在，干爹，你看看！我已经遍体鳞伤，一无是处！连我深爱的女孩子，近在咫尺，我都无法救她！我这样一个人，还有什么存在的意义？你回答我！干爹！你回答我！"

康秉谦被夏磊如此强烈地质问，逼得连退了两步。

"是我错了？"他错愕地自问，"我不该收养你？"

夏磊冲上前去，忘形地抓住康秉谦的手腕。泪，流了下来。"干爹！你难道还不了解吗？悲剧，喜剧，都在您一念之间呀！"

"在我一念之间？"

"成全我们吧！"夏磊痛喊着。

康秉谦怔着，所有的人都哭得稀里哗啦，梦凡在窗内早已泣不成声。就在这激动的时刻，梦华领着天白、天蓝，直奔这小院而来。"爹，娘！天白来了！"梦华喊着，"他什么什么都知道了！"

大家全体呆住了。

天白的到来，把所有僵持的局面，都推到了另一个新高点。康秉谦无法在天白面前，囚禁梦凡，只得开了锁。梦凡狼狈而憔悴地走了出来，她径直走向天白，含着泪，颤抖着，带着哀恳，带着求恕，她清晰地说：

"天白，对不起！我很遗憾，我不能和你成为夫妻！"

天白深深地看了梦凡一眼，再回头紧紧地盯着夏磊。小院里站了好多好多的人，竟没有一个人开口说话，空气里是死一般的宁静。天白注视了夏磊很久很久以后，才抬头扫视着康家众人。"康伯伯，康伯母，"他低沉地说，"我想，这是我、夏磊和梦凡三个人之间的事，我们三个人自己去解决，不需要如此劳师动众！"他看向夏磊和梦凡："我们走！"

咏晴不安地跨前了一步，伸手想阻止。秉谦废然地叹了口长气："我们已经无能为力了！他们口口声声说，他们是自己的主人，我们做不了主了！那么，就让他们去面对自己的问题吧！"天白、夏磊和梦凡穿过了屋后的小树林，来到童年结拜的旷野上。旷野上，寒风瑟瑟，凉意逼人。当年结拜时摆香案的大石头依然如旧，附近的每个丘陵，每块岩石，都有童年的足迹。当日的无忧无虑，笑语喧哗，依稀还在眼前，斗蟋蟀，打陀螺，骑追风，爬望夫崖……种种种种，都如同昨日。但是，转眼间，童年已逝，连欢笑和无忧无虑的岁月，也跟着一起消逝了。三人不约而同地停止了脚步。然后，三人就彼此深刻地互视着。天白的目光，逐渐凝聚在夏磊的脸上。他深深地、痛楚地、阴郁地凝视着夏磊。那眼光如此沉痛，如此感伤，如此落寞，又如此悲哀……使夏磊完全承受不住了。夏磊努力咬着嘴唇，想说话，就是不知道说什么好。最后，还是天白先开了口："我一直很崇拜你，夏磊，你是我最知己的朋友，最信任的兄弟！如果有人要砍你一刀，我会毫不犹豫地挺身代你挨一刀！如果有人敢动你一根汗毛，我会和他拼命！我是这样把你当偶像的！在你的面前，我简直没有秘密，连我对梦凡的感情，我也不忌讳地对你和盘托出！而你，却这样地欺骗我！"夏磊注视着天白，哑口无言。

"不是的，天白！"梦凡忍不住上前一步，"是我的错！我控制不住自己，我破坏了约定，是我！是我！"

天白扫了梦凡一眼，眼光里的悲愤，几乎像一把无形的利刃，一下子就刺穿了她。她微张着嘴，喘着气，不敢再说下去。"夏磊！"天白往夏磊的面前缓缓走去，"顷刻之间，你让我输掉了生命中所有的热爱！对朋友的信心，对爱情的执着，对生活的目标，对人生的看法，对前途、对理想、对友谊……全部瓦解！夏磊，你这样一个顶天立地的男子汉，带着我们去争国家主权，告诉我们民族意识，你这么雄赳赳、气昂昂，大义凛然！让我们这群小萝卜头跟在你后面大喊口号，现在，救国的口号喊完了！你是不是准备对我喊恋爱自由的口号了？你是不是预备告诉我，管他朋友之妻、兄弟之妻，只要你夏磊高兴,一概可以掠夺……"

天白已经逼近了夏磊的眼前,两人相距不到一尺,天白的语气,越来越强烈,越来越悲愤。夏磊面色惨白,嘴唇上毫无血色,眼底盛满了歉疚、自责和惭愧。天白停住了脚步,双手紧握着拳。"回忆起来,你从小好斗,"他继续说,"每次你打架,我都在后面帮你摇旗呐喊,我却从不曾和你争夺过什么,因为我处处都在让你!你就是要我的脑袋,我大概也会二话不说,把我的脑袋双手奉上!但是,现在你要的,竟是更胜于我脑袋的东西……不,不是你要的,是你已经抢去了……你怎么如此心狠手辣!"忽然间,天白就对着夏磊,一拳狠狠地捶了过去,这一拳又重又猛,突然打在夏磊嘴角,夏磊全不设防,整个人踉跄着后退,天白冲上前去,对着他胸口再一拳,又对着他下巴再一拳,夏磊不支,跌倒于地。梦凡尖叫着扑了过来:

"天白,不要动手,你今天就是打死他,他也不会还手,这不公平,这不公平……"

梦凡的尖叫,使天白霎时间妒火如狂。他用力推开了梦凡,从地上搬起一块大石头,想也不想,就对着夏磊的头猛砸了下去。"夏磊!夏磊!夏——磊!"梦凡惨烈的尖叫声,直透云霄。血从夏磊额上,泉涌而出,夏磊强睁着眼睛,想说什么,却没有吐出一个字,就晕死过去。

整整一个星期，夏磊在生死线上挣扎。

康家几乎已经天翻地覆，中医、西医请来无数。夏磊的房里，一天二十四小时不断人，包扎伤口、敷药、打针、灌药、冷敷、热敷……几乎能够用的方法，全用到了。病急乱投医。康秉谦自己精通医理，康勤还经常开方治病，到了这种时候，他们的医学常识全成了零。夏磊昏迷、呕吐、发高烧、呻吟、说胡话……全家人围着他，没有一个人唤得醒他。这种生死关头，大家再不避嫌，梦凡在床边哀哀呼唤，夏磊依旧昏迷不醒。这一个星期中，天白不曾回家，守在夏磊卧房外的回廊里，他坐在那儿像一个幽灵。天蓝三番两次来拖他，拉他，想把他劝回家去，他只是坐在那儿不肯移动。梦华懊恼于自己不能保密，才闯下如此大祸，除了忙着给夏磊请医生以外，就忙着去楚家，解释手足情深，要多留天白、天蓝住几天。关于家中这等大事，他一个字也不敢透露。楚家两老，早已习惯这一双儿女住在康家，丝毫都没有起疑。

第八天早上，夏磊的烧退了好多，呻吟渐止，不再满床翻腾滚动，他沉沉入睡了。西医再来诊治，终于宣布说，夏磊不会有生命危险了，只要好好调养，一定会康复。守在病床前的梦凡，乍然听到这个好消息，喜悦地用手捂住嘴，哭出声来。整整一星期，她的心跟着夏磊挣扎在生死线上，跟着夏磊翻腾滚动。现在，夏磊终于脱离危险了！他会活！他会活！他不会死去！梦凡在狂喜之中，哭着冲出夏磊的卧房，她真想找个无人的所在，痛痛快快地哭一场，哭尽这一个星期的悲痛与担忧。她才冲进回廊，就一眼看到伫候在那儿的天白。

天白看到梦凡哭着冲出来，顿时浑身通过了一阵寒战，他惊跳起来，脸色惨白地说：

"他死了？是不是？他死了？"

"不不不！"梦凡边哭边说，抓住了天白的手，握着摇着，"他会好！医生说，他会好起来！他已经度过危险期……天白，他不会死了！他会好起来！"

"啊！"天白心上的沉沉大石，终于落地。他轻喊了一声，顿时觉得浑身乏力。看到梦凡又是笑又是泪的脸，他自己的泪，就不禁流下。"谢天谢地！哦，谢天谢地！"他深抽口气，扶着梦凡的肩，从肺腑深处，挖出几句话来，"梦凡，对不起！我这样丧失理智……害惨了夏磊……和你，我真是罪该万死……"

"不不不！"梦凡急切地说，"该说对不起的人是我！是我不好，才造成这种局面！一切都是因我而起！你不要再责怪自己了，你再自责，我更无地自容了！"

天白痴痴地看着梦凡。

"现在，他会好起来，我也……知道该怎么做了！"他心痛地凝视梦凡，"你是——这么深，这么深地爱他，是吗？"

梦凡一震,抬头,苦恼地看着天白,无法说话。

"你要我消失吗?"他哑声问,字字带着血,"我想,要我停止爱你,我已经做不到!因为,从小,知道你是我的媳妇,我就那么偷偷地、悄悄地、深深地爱着你了!我已经爱成'习惯',无法更改了!但是,我可以消失,我可以离开北京,走到很远很远的地方去,让你们再也见不到我……"

梦凡大惊失色,震动地喊:

"你不要吓我!夏磊刚刚从鬼门关转回来,你就说你要远走……你世世代代,生于北京,长于北京,你要走到哪里去?你如果走了,你爹你娘会怎样……你,你,你不可以这么说,不可以这样吓我……你们两个都忙着要消失,我看还是我消失算了!"

"好好好,我收回!我收回我说的每个字!"天白又惊又痛地嚷,"我不吓你!我再也不吓你!我保证,我绝不轻举妄动……我不消失!不走!我留在这儿……等你的决定,那怕要等十年、一百年,我等!……好吗?好吗?"

梦凡哭倒在天白肩上。

"我们怎么会这样?"她边哭边说,"我多么希望,我们没有长大!那时候,我们相爱,不会痛苦……"

天白痛楚地摇摇头,情不自禁,伸手抚着梦凡的眉。

远远地,康秉谦和咏晴走往夏磊房去,看到这般情景，两人都一怔。接着，彼此互视，眼中都绽放出意外的欢喜来。不敢惊动天白与梦凡，他们悄悄地走进夏磊房去了。

夏磊不知道自己沉睡了多久，也不知道自己身在何方，心在何处。只感到疼痛从脑袋上延伸到四肢百骸，每个毛孔都在燃烧，都在痛楚。终于，这燃烧的感觉消退了，他的神志，从晃晃悠悠的虚无里，走回到自己的躯壳，他又有了意识，有了思想，有了模模糊糊的回忆。

他想动，手指都没有力气，他想说话，喉中却喑哑无声。他费力地撑开了眼皮，迷迷糊糊地看到室内一灯如豆。床边，依稀是胡嬷嬷和银妞，正忙着做什么。一面悄声地谈着话。夏磊合上眼，下意识地捕捉着那细碎的音浪。

"总算，天白少爷和梦凡小姐都肯去睡觉了……"

"真弄不懂，怎么会闹得这么严重！老爷太太也跟着受累，这磊少爷也真是的……"

"……不过，好了！现在反而好了……"

"为什么？"

"……听太太说，天白少爷和梦凡小姐，在回廊里一起哭……他们好像和好了，蛮亲热的……"

"……怎么说，都是磊少爷不应该……"

"是呀！这磊少爷，从小就毛毛躁躁，动不动就闹出走……毕竟是外地来的孩子，没一点儿安定……他能给梦凡小姐什么呢？家没个家，事业没个事业……连根都不在北京……天白少爷就不同了，他和梦凡小姐，从小就是金童玉女呀……"

"嘘！小声点儿……"

"睡着了，没醒呢！"

"……这天白少爷，也好可怜呀！守在门外面，七八天都没睡……我们做下人的，看着也心疼……"

"……还好没让亲家老爷、亲家太太知道……"

"家丑不可外扬呀……"

"嘘！好像醒了！"胡嬷嬷扑过身子来，查看夏磊。夏磊转了转头，微微呻吟了一声，眼皮沉重地合着，似乎沉沉睡去了。

第十天，夏磊是真正地清醒了，神志恢复，吃了一大碗小米粥，精神和体力都好了许多。这天，康勤提着药包来看夏磊，见夏磊眼睛里又有了光彩，他松了口气。四顾无人，他语重心长地说："小磊，你和我，都该下定决心，做个了断吧！"

"了断！"夏磊喃喃地说："要'了'就必须'结束'，要'断'就必须'分手'！"康勤悚然一惊，怔怔看着夏磊。

两人深切地互视，都在对方眼中，看到难舍的伤痛。

于是，夏磊决定要和天白好好地，单独谈一次了。摒除了所有的人，他们在夏磊病床前，做了一次最深刻，也最平静的谈话。"天白，"夏磊凝视着天白，语气真挚而诚恳，"千言万语都不要说了！我们之间的悲剧，只因为我们爱上了同一个女人！这种故事都只有一个结局，所以，天白，我决定了，我退出！"

"你退出？"天白怔住了。

"是的！"他坚决地说，"我郑重向你保证，从今以后，我会消失在你和梦凡之间！"

天白不敢置信地瞪着他。"我终于从昏迷中醒过来了！也彻底觉悟了！只有我退出这一场战争，康楚两家才能换来和平，我们兄弟之情，也才能永恒呀！"

"不不！"天白摇着头，"这几句话，是我预备好，要对你说的！你不能什么都抢我的先，连我心里的话，你都抢去了！"

"这不是你心里的话，如果你真说出口了，也是违心之论！你这人太坦率，一生都撒不了谎！"

"而你，你就可以撒谎了？"

"我不用撒谎，我承认爱梦凡！我只是把我深爱的女孩子，郑重交给你了！我们姑且不论她应该属于谁，就算我们都是平等地位，都有权利追求她吧！而今，我已体认出来，我们两个，只有一个能给她幸福，那个人是你而不是我！"

"你怎有这样的把握？"天白紧紧盯着夏磊，"我是一丝一毫信心都没有！尤其这几天，我已目睹梦凡为你衣不解带,我就算是瞎子、白痴,也该有自知之明,我在梦凡心里,连一点儿地位都没有啊!"

"是吗?真的吗?一点地位都没有吗?"

天白困惑了,心弦激荡。是吗?

"你到底想干什么?"他大声问,"你不是极力争取梦凡的吗?怎么突然退让了起来?"

"大概被你狠狠一敲,终于敲醒了!"夏磊长叹了一声,"你想想看,梦凡是那样脆弱、纤细、高贵、热情的女孩子,需要一个温存的男人,小心呵护。我,像那样的男人吗?我粗枝大叶,心浮气躁……始终怀念着我童年的生活!我总觉得我应该生活在一群游牧民族之间,而不能生活在这种雕梁画栋里!我想了又想,假若我真的和梦凡结合了,那可能是个不幸的开始!因为我和她,毕竟属于两个世界!天白,"他语气坚定地,"谢谢你敲醒了我!"

"你几乎说服了我!"天白深吸了口气,"如果我对'爱'的认识,不像这几天这样深切,我就被你说服了!"

"爱,这个字太抽象了!我们谁也没办法把它从心中脑中抽出来,看看它到底是方的还是圆的?但是,有一点儿是肯定的,爱一直和我们的幻想结合在一起,我们的幻想又会把这个字过分地渲染和夸大,把它'美化'和'神化'了!"

"你的意思是说……"

"我的意思是说,梦凡现在不过是迷失在自己的幻想里罢了!等她长大成熟,她会发现,我只是她生命中的一个'过客'而已!你也了解我的,我总有一天要走,去找寻我自己的世界,我不能被一个女孩子拴住终身!"

天白沉吟着,深深地看着夏磊。

"你向我保证,你说的都是真心话吗?"

"我保证!我这一生,从没有像现在这样清醒过!"

"你不是为了解开我们三个人的死结,故意这么说的?"

"当然我要解开这个死结!我们三个,再也不能这样你争我夺的了!这样发展下去,受伤害的,绝不止我们三个!所以,天白,这毕竟是我们两个男人间该决定的事!"他忽然抬高了音量,重重地说,"你到底要梦凡,还是不要?如果你敢从心里说一句你不要她,我就要了!"

天白大大一惊,冲口而出:

"如果我不是这样强烈地要她,我也不会打破你的头了!"

夏磊叹了口大气,眼中朦胧了起来。带着壮士断腕的悲壮,他唇边浮起了一个微笑。

"那么,天白,好好爱护梦凡!如果有一天,你待她不好,我会用十块石头,敲碎你的脑袋!"

和天白彻底谈过之后,就轮到康秉谦了。

"干爹,我终于想通了!我答应您!不害梦凡失节,不害天白失意，更不会让您成为毁约背誓的人！我发誓从今以后，和梦凡保持距离！"他正视着康秉谦，真心真意地，掏自肺腑地说，"面对天白的痛苦后，我完全瓦解了！我觉得自己比一个刽子手还要残酷，还要罪恶！我终于知道了，爱情诚然可贵，但是，亲情、友情、恩情、手足之情更不能抹杀！爱情的背后，如果背负了太多的不仁不义，那么，这份爱情，也变得不美了！"康秉谦震动地注视着夏磊，好半晌，才哑声问：

"我能信任你吗？"

"我发誓，我用我爹娘在天之灵发誓……"

"不必如此！小磊，"康秉谦郑重地说，"我相信你！我愿意相信你今天说的每个字，并且告诉你，如果我有第二个女儿，我绝对愿意把她嫁给你！"

夏磊落寞地一笑，苍凉地说：

"谢谢你，干爹！事到如今，我不知道你还会不会后悔收养了我？那天，我们彼此又吼又叫，都说了许多决裂的话。现在，我一定要跟您说清楚，我永远不后悔和您父子一场！对于这十几年康家给我的一切，我永怀感恩之心！"

康秉谦眼中迅速充泪了。"小磊啊！我们差一点儿失去了你！在你昏迷的那些日子里，我才体会到你怎样深刻地活在我心里，你和我的亲生儿子，实在没有两样啊！十几年来，我为你付出的心血和感情，比梦华还要多呀！孩子啊，经过这一番生死的考验，经过这一次的抉择……你或者心存怨恨，即使没有，你或者想离我而去……果真如此，我一样会痛彻心扉呀！"

"干爹！"夏磊惊愕而痛楚地喊，这才明白，康秉谦对他的了解，实在是相当深刻的，"我答应你，我会努力，努力和梦凡保持距离，也努力留在你身边，但是，万一……"

"没有但是！也没有万一！"康秉谦的手，重重地压在夏磊肩上，"我就相信你了！"

和康秉谦谈过之后，就该面对梦凡了。梦凡，梦凡啊！这名字将是他心头永远永远的痛，将是他今生唯一唯一的爱。梦凡啊，怎么说呢？怎样对你说，我又退缩了？

这天晚上，天白和天蓝终于回家了。康秉谦正色对梦凡作了最郑重的交代："这些日子，我放任你在小磊房里出出入入，只因为小磊病情严重，我已无心来约束你的行为！现在小磊好了，天白也回家了，你造成的灾难总算度过了！从今天起，你不许再往小磊房里跑！一步也不许进去！"

"爹……"梦凡惊喊。

"咏晴！"康秉谦大声说，"你叫银妞、翠妞，给我看着她！心眉，胡嬷嬷，你们也注意一点儿，不要再给他们两个任何接近的机会，至于学校，当然不许再去了！我要重整门风！如果他们两个再私相授受，我绝不宽恕！"

梦凡再度被幽禁了。夜静更深，梦凡病恹恹地看着胡嬷嬷、心眉、银妞、翠妞。要看守她一个人，竟动员了四个人。防豺狼虎豹，也不过如此吧！四个人都守着她，谁去侍候夏磊呢？他正病弱，难道就没人理他了吗？"胡嬷嬷，"她站起身来推胡嬷嬷，把她直往门外推去，"你去照顾夏磊，看他要吃什么，要喝什么？伤口还疼不疼……你去！你去！"

"你放心吧！他那个人，身子像铁打的一样，烧退了，睡几觉，就没事了！"胡嬷嬷说，"我奉命守着你，只好守着你！"

梦凡在室内兜着圈子，心浮气躁。轮流看着的四个人，她们一字排开，坐在房门口。四对眼睛全盯住了她。她走来走去，走去走来，无助地绞着手。心里疯狂地想着夏磊。夏磊啊夏磊，你和天白谈了些什么呢？你和爹又谈了些什么呢？为什么天白笃笃定定地去了？为什么爹娘又有了欣慰的表情呢？夏磊啊，你心里想些什么呢？当你昏迷的时候，你不断不断地叫着我的名字，现在你清醒了，就不再呼唤我了？还是……你的呼唤，深藏在心底呢？她抬眼看窗，窗外，寒星满天。侧耳倾听，夜风穿过松林古槐，低低地叹息着，每声叹息都是一声呼唤；梦凡！她突然停在四个人面前，双膝一软，跪倒在地。

"我求求你们！让我去见他一面！要聚要散，我要听他亲口说一句！我一定不多停留，只去问他一句话，你们可以守在门口，等我问完了，你们立刻带我回房！求求你们！我求求你们！"

四个人大惊失色，都直跳了起来，纷纷伸手去扶梦凡。

"小姐！你金枝玉叶的身子，怎么可以给我们下跪呢？"胡嬷嬷惊慌地说。"我不是金枝玉叶，"梦凡拼命摇头，"我是你们的囚犯呀！我已经快要发疯了！我连见他一面的自由都被剥夺了，不如死了算了！"

"梦凡呀！"心眉搀着梦凡的胳膊，试着要拉她起来，不知怎的，心眉脸上全是泪，"你的心情，我全了解呀！你心里有多痛，我也了解呀……"

"眉姨！眉姨！"梦凡立刻像抓住救星般，双手紧握着心眉的手，仰起狂热而渴求的面孔来，"救救我！让我去见他一面！如果他说散了，我也死了心了！我知道，我跟他走到这一步田地，已经是有梦难圆了……但是，好歹，我们得说说清楚，否则，眉姨，他那个人是死脑筋，他会走掉的！你们没有人守着他，他会一走了之的……眉姨，求你，让我去见他一面，看看他好不好？听一听他心里怎么想……"她对心眉磕下头去。"我给你磕头！"

心眉用力抹了一把泪，跺跺脚说：

"就这样了！你去见他一面！只许五分钟，胡嬷嬷，你拿着怀表看时间……"

"眉姨娘！"胡嬷嬷惊喊。

"别说了！我做主就是了！"她看着梦凡，"起来吧！要去，就快去！"梦凡飞快地跳了起来，飞快地拥抱了心眉一下，飞快地冲出门去。

心眉呆着，泪落如雨。胡嬷嬷等人怔了怔，才慌慌张张地跟着冲出门去。于是，梦凡终于走进夏磊的房间，终于又面对夏磊了。五分钟，她只有五分钟！站在夏磊床前，她气喘吁吁，脸颊因激动而泛红，眼睛因渴盼而发光，她贪婪地注视着夏磊的脸，急促地说："夏磊，我好不容易，才能见你一面！"

夏磊整个人都僵直了。

"不！不！"他沙哑地说，"我累了！倦了！我不当陀螺了！"

一句话，已经透露了夏磊全部的心思。梦凡呆站在那儿，整颗心都被撕裂了。"那么，你告诉我，你要我怎么做？我要你亲口对我说，你说得出口，我就做得到！"

夏磊跳下床来，不看梦凡，他冲到五斗柜前，开抽屉，翻东西，用背对着梦凡，声音却铿锵有力：

"我要你跟随天白去！"

梦凡点点头。"这是你最后的决定了？"

"是!"夏磊转过身子,手中拿着早已褪色的狗熊和陀螺,他冲到梦凡面前,把两样东西塞进她手里,"我要把你送给我的记忆完全还给你!我要将它们完完全全地,从我生命中撤走了!"梦凡呆呆地抱着小熊和陀螺。

"好!"她怔了片刻,咬牙说,"我会依你的意思去做!我收回它们,我追随天白去!但是,你也必须依我一个条件!否则,我会缠着你直到天涯海角!"

"什么条件?"

"你不能消失。你不能离去。做不成夫妻,让我们做兄妹!能够偶尔见到你,知道你好不好,也就……算了!"

好熟悉的话。是了,康勤说过;能同在一个屋檐下,彼此知道彼此,心照不宣,也是一种幸福吧!夏磊苦涩地想着,犹豫着。"你依我吗?"梦凡强烈地问,"你依我吗?"

"你跟天白去……我就依了你!"

梦凡深深抽了口气,走近夏磊。

"那么,我们男女之情,就此尽了。以后要再单独相见,恐怕也不容易了。夏磊,最后一次,你可愿意在我额上,轻轻吻一下,让我留一点点安慰吗?"

夏磊凝视着她。没有男人能抗拒这样的要求!没有!绝没有!他扶住梦凡的肩,感动莫名,心碎神伤。他轻轻地对她那梳着刘海的额头,吻了下去。

突然间,一阵门响,康秉谦冲进室内,怒声大吼:

"小磊!梦凡!你们这是做什么?我就知道你的诺言不可靠,果然给我逮个正着!"

夏磊和梦凡立刻分开,苍白着脸,抬头看康秉谦。

"是谁让他们见面的?"康秉谦大怒,指着屋外的四个女人,"你们居然给他们把风?你们!"

"老爷呀……"胡嬷嬷、银妞、翠妞嚷着,"请开恩呀……"

"不关她们的事,是我!"心眉往前一步,"是我做的主,我让他们见面的!"

"你?"康秉谦大惊,"你好大的狗胆!"

"干爹!"夏磊回过神来,急急地说:"事情不像你看到的那么坏,我们……"

"不要叫我干爹!"康秉谦断然大喝,"你的允诺,全是骗人的!你这样让我失望……我从此,没有你这个义子了!"

"爹!……"梦凡掉着泪喊,"我是来和他做个了断……"

"你无耻!"康秉谦打断了梦凡,"你这样对男孩子投怀送抱,你还要不要脸……"心眉突然间忍无可忍了,再往前冲了一步,她脱口叫出:

"为什么要这样嘛?有情人终成眷属,不是很好吗?"

满屋子的人都惊呆了,全体回头看心眉。

"你说什么？"康秉谦不相信地问。

"本来就是嘛！"心眉豁出去了，"为什么要拆散人家相爱的一对呢？他们男未婚，女未嫁，一切还来得及，让他们相爱嘛！他们青梅竹马，两小无猜，现在这样情投意合，也是人间佳话，为什么要这样残酷，硬是不许他们相爱呢……"

心眉的话没说完，康秉谦所有的怒气，都集中到心眉身上来了，他举起手，一个耳光就甩在心眉脸上，痛骂着说：

"你滚开！不要让我再见到你！"

心眉惊痛的泪水疯狂地夺眶而出，用手捂着脸，她狼狈地，痛哭着跑走了。

夏磊颓然而退，感到什么解释的话，都不必说了。

第十三章

　　如果夏磊不和梦凡私会，心眉就不会挨打，心眉不挨打，就不会积怨于心，难以自抑。那么，随后而来的许多事就不至于发生。人生，就有那么多的事情，不是人力可以控制，也不是人力可以防范或挽回的。

　　心眉和康勤的事，终于在这天早晨爆发了。

　　对康秉谦来说，似乎所有的悲剧，都集中在这个冬天来发生。他那宁静安详的世界，先被夏磊和梦凡弄得天崩地裂，然后，又被心眉和康勤震得粉粉碎碎。

　　这天一大早，康秉谦就觉得耳热心跳，有种极不祥的预感，他走出卧房，想去看看夏磊。才走到假山附近，就看到有两个人影，闪到假山的后面去了！康秉谦大惊，以为梦凡和夏磊又躲到假山后面来私会，他太生气了，悄悄地掩近，他想，再捉到他们，他只有一个办法，把梦凡即日嫁进楚家去。

才走近假山石,他就听到石头后面,传来饮泣与哭诉的声音,再倾耳细听,竟是心眉!

"……康勤,你得救我!老爷这样狠心地打我,他心中根本没有我这个人!他现在变得又残酷又不近人情了,我再也受不了了!我没办法再在康家待下去……康勤,我这人早就死了,是你让我活过来的……现在,不敢去药材行见你,我是每夜每夜哭着熬过来的……你不能见死不救呀……"

"心眉,"康勤的声音里充满了痛楚和无奈,"小磊和梦凡是我们的镜子啊!他们男未婚女未嫁,还弄成这步田地,你和我,根本没有丝毫的生路呀……"

康秉谦太震动了,再也无法稳定自己了,他脚步踉跄地扑过去,正好看到心眉伏在康勤肩上流泪,康勤的手,搂着心眉的腰和背……他整个人像被一把利剑穿透,提了一口气,他只说出两个名字:"心眉!康勤!"说完,他双腿一软,就晕厥过去了。

康家是流年不利吧!咏晴、胡嬷嬷、银妞、翠妞、夏磊、梦华、梦凡都忙成了一团,又是中医西医往家里请,康忠、康福、老李忙不迭地接医生,送医生。由于康秉谦的晕倒延医,弄得心眉和康勤的事,完全泄了底。大家悄悄的,私下的你言我语,把这件红杏出墙的事越发渲染得不堪入耳,人尽皆知。康秉谦是急怒攻心,才不支晕倒的,事实上,身体并无大碍。清醒过来以后,手脚虽然虚弱,身子并不觉得怎样。但,在他内心深处,却是彻骨的痛。思前想后,家丑不能外扬,传出去,大家都没面子。康秉谦真没料到,他还没有从梦凡的打击中恢复,就必须先面对心眉的打击。这打击不是一点点,而是又狠又重的。康勤,怎么偏偏是康勤?他最钟爱的家人,是忠仆,是亲信,也是从小一块儿长大,犹如手足的朋友呀……怎么偏偏是康勤?

经过了一番内心最沉痛地挣扎,康秉谦把康勤叫进了自己的卧室,关上房门,他定定地看着康勤。康勤立刻就情绪激动地跪下了。"康勤,"康秉谦深吸了口气,压抑地问,"你原来姓什么?"

"姓周。"

"很好。今天,出了我家大门以后,你恢复姓周,不再姓康!"

"老爷!"康勤震动地说,"你把我逐出康家了!"

"我再也不能留你了!"他凝视康勤,"虽然你曾经是我出生入死,共过患难,也共过荣华的家人,是我的亲信,我的左右手,而现在,你是逼得我要用刀砍去我的手臂!康勤,你真教我痛之入骨呀!"康勤含泪,愧疚已极。

"现在不是古时候,现在也不是满清,现在是民国了!没有皇帝大臣,没有主子奴才,现在是'自由'的时代了！小磊、梦华他们一天到晚在提醒我，甚至是'教育'我，想要我明白什么是'自由'，什么是'人权'……没料到，我的第一件要面对的事，居然是康勤——你。"

"老爷，您的意思是……"康勤困惑而惶恐。

"你'自由'了！我既不能惩罚你，也不想报复你，更不知该如何处置你……我给你自由！从此，你不姓康，你和我们康家，再无丝毫瓜葛，至于康记药材行，你从此也不用进去了！"

"老爷，你要我走？"康勤颤声问。

"对！我要你走！走得远远的！这一生，不要让我再见到你！离开北京城，能走多远，就走多远！你得答应我，今生今世，不得再踏入我们康家的大门！"

康勤愧疚、难过、伤痛，但却承受了下来。

"是！老爷希望我走多远，我就走多远！今生今世，不敢再来冒犯老爷……只希望，我这一走，把所有的罪过污点一起带走！老爷……"他吞吞吐吐，碍口而痛楚地说，"至于……眉姨娘，您就……原谅了她吧！错，是我一个人犯的，请您……高抬贵手，别为难她……"

康秉谦用力一拍桌子，怒声说：

"心眉是我的事！不劳你费心！"

"是！"康勤惶恐地应着。

"走吧！立刻走吧！"康勤恭恭敬敬，对康秉谦磕了三个头，流着泪说：

"老爷！您这份宽容，这份大度量！我康勤今生是辜负您了！我只有来生再报了！"

康秉谦掉头去看窗子，眼中也充泪了。

"康勤，你我有缘相识了大半辈子，孰料竟不能扶携终老，也算人间的残酷吧！"

"老爷！康勤就此拜别！"康勤再磕了一个头，站起身来，不敢再惊动康秉谦，他依依不舍地掉头去了。

康勤当天就收拾了行李，离开了北京城。从东窗事发，到他远走，只有短短两天。他未曾和心眉再见到面，也不曾话别。夏磊却追出城去了，骑着追风，他在城外的草原上，追到了康勤。"康勤，让我送你一程吧！"

康勤震动地注视着夏磊。

夏磊跳下马来，两人一骑，走在苍茫的旷野里。

"康勤，"夏磊堆积着满怀的怆恻、痛苦，还有满怀的疑问、困惑，以及各种难描难绘的离情别绪，"你怎么舍得就这样走了？眉姨的未来，你也不管了？"

"不是不管，实在是管不着呵！"康勤悲怆地说，"心眉一直了解我的，她知道我是怎样一个人，说真的，我根本不配去谈感情，我内心的犯罪感，早已把我压得扁扁的。现在，我就算走到天涯海角，都逃不开我对老爷的歉疚！我想，终此一生，我都会抱着一颗待罪之心，去苟且偷生了！我这样惭愧，这样充满犯罪感，怎么可能顾全心眉……我注定是辜负她了！"

"我懂了!"夏磊出神地说,"你把'忠孝节义'和'眉姨'摆在一个天平上秤,'忠孝节义'的重量,绝对远超过了'眉姨'!"

"我这种人,在康家,是个叛徒,在感情上,是个逃兵!我怎么配谈忠孝节义!"康勤激动地一抬头,"小磊,临别给你一句赠言:千万不要重蹈我的覆辙!"

夏磊悚然而惊:"我倒有个想法,为断个干净,为一了百了,我不如现在就跟你一起走!"

"小磊!"康勤语重心长,"你别傻了!我必须走,是因为我在康家已无立足之地,没有人要原谅我,甚至,没有人要接受我的赎罪。康家上上下下,会因为我的离去,而平息一些怒气,进而,或者会原谅了心眉!至于你,那是完全不一样的!康家每一个人都爱你,老爷更视你为己出,你只要压下心中那份男女之情,你可以活得顶天立地。终究,我只是一名'家仆',而你,是个'义子'呀!"

夏磊呆呆地看着康勤。

"不要再送了!"康勤含泪说,"小磊!珍重!"

夏磊忽然慌张起来:"康勤,你走了,眉姨怎么办?她整颗心都在你身上,你走了,她的世界也没有了,你要她怎么活下去?"

康勤站定了,眼底闪着深刻的凄凉。

"不,你错了。心眉的世界,一直在康家,她是因为得不到康家任何人的重视和珍爱,才把感情转移到我身上来的!现在,我走了,釜底抽薪。她失去了我,会把出轨的心,拉回到轨道上来。只要老爷原谅她,康家上上下下不责怪她……这康家的围墙里,仍然是她最安全的世界!她本来就是个安分守己的女人!她会回到自己的天地里去!"

夏磊怔着:"你想过的!"他喃喃地说:"你都想过了!"

"想过千千万万次了!"康勤叹了口气,眼神悲苦,"可是,小磊,我还是几万个放心不下呀!我……我……我可不可以拜托你……"

"你说吧!"

"你有时间,常去开导一下心眉,让她……像接受梦恒的死一样,接受这个事实……"

夏磊用力点了点头:"你要到哪里去呢?"

"我往南边走,越远越好。此后,四海为家,自己也不知道会去哪里!"

"你安定了,要写信来!"

"不用了吧!"康勤用力一甩头,"既然要断,不妨断得干净!说不定,以后会青灯古佛,了此残生!跳出人世的爱恨情仇,才能走进另一番境界里去吧!再见了!小磊!不要再送了!"夏磊呆呆地站着,看着康勤背着行囊的身影,越走越远,越走越远,逐渐成为大草原上的一个小黑点。他忽然强烈地体会到，康勤说的，就是事实了。他会走到一个遥远遥远的地方去，从此青灯古佛，用他漫长的后半生，去忏悔他的罪孽。他就是这样了。夏磊眼中湿湿的，心中，是无比的酸涩和痛楚。康勤的影子，已远远地贴在天边，几乎看不见了。

康勤走了。心眉整个人像掉进冰湖里，湖中又冷又黑，四顾茫然，冰冷的水淹着她，窒息着她。她伸手抓着，希望能抓到一块浮木。但是，抓来抓去，全是尖利如刀、奇寒彻骨的碎冰。稍一挣扎，这些碎冰就把她割裂得体无完肤。

"什么眉姨娘，简直是霉姨娘呵，倒霉的霉！"银妞说着，"这下子，可把我们老爷的脸给丢尽了！"

"真是羞死人了！"翠妞说着，"别说老爷、太太、少爷、小姐，就连我们这些做丫头的，都觉得羞死了！"

"唉唉唉！"胡嬷嬷连声叹气，"她是康家的二太太呀！怎能这样没操守呢！她就算不为老爷守，也该为她那死去的儿子梦恒少爷，积点阴德呀……"

"是呀，人家望夫崖上的女人，宁愿变成石头，也不失节的……"心眉是逃不掉的！康家的大大小小，已经为她判了无期徒刑。她无论走到哪儿，都可以听到最最不堪的批判。她已经被定罪了，她是"淫荡""无耻""下流""卑鄙"……的总合。这些罪名，在梦凡的事件里，大家都不忍用在梦凡身上，但是，却毫不吝啬，毫不保留地用在心眉身上了。

心眉被孤立了,四面楚歌。在茫然无助中,她去找梦凡,但是,梦凡房里,正好有天蓝来玩。

"梦凡!"天蓝正咄咄逼人地说,"你不要再帮眉姨辩护了!不忠实就是不忠实!水性杨花就是水性杨花,说什么都没有用!你家眉姨娘,生活在这样的诗书之家,即使有些寂寞,也该忍受!我们女人,什么是'好',什么是'坏',不就看在自我操守上吗?眉姨娘这样的女人,留在家里,是永远的'祸害'!"心眉不敢去找梦凡了,她逃跑了。逃到回廊的转角处,听到康福在对康忠说:"其实,康勤是个老实人哪!坏就坏在一个眉姨娘,天下的男人,几个受得了女人的勾引呢?"

"说得是啊!这康勤,被老爷逐出北京,以后日子怎么过呢?真是一失足成千古恨哪……"

心眉赶紧回身,反方向逃去,泪眼昏花,脚步踉跄,一头就撞在咏晴身上。"心眉!你这是怎的?"咏晴一脸正气,"老爷病着,你别让他看到你这副失魂落魄的样子!如果心里不舒服,要害什么相思病的话,也关到你自己的房里去害,别在花园里跑来跑去,给大家看笑话……"

心眉冲进自己的房里,关起房门,又关起窗子,浑身颤抖着,身子摇摇晃晃,额上冷汗涔涔。

没有人会原谅她的!没有人会忘记她所犯的罪!关

紧房门，她关不住四面八方涌来的指责：她淫荡！她无耻！她玷污了康家！她害惨了康勤！所有的罪恶，她必须一肩挑，她感到，自己那弱不禁风的肩膀，已经压碎了。

夏磊来找她了，急促地敲开了门，夏磊带着一脸的理解与关怀，迫切地说："眉姨，你要忍耐啊！你要勇敢啊！这个家庭的道德观念，就是这样牢不可破的！但是，大家的心都是好的，都是热的……你要慢慢度过这一段时间，等到大家淡忘了，等到你重新建立威信了，大家又会回过头来尊重你的！"

"不会的！不会的！"她痛哭了起来，"没有人会原谅我的！他们全体判了我的死刑，你一言、我一语，他们说的话像一把利剑，他们就预备这样杀死我！我现在真是生不如死呀！大概只有我跳下望夫崖，大家才会甘心吧！"

"眉姨，你不要说傻话！"夏磊急切地说，"干爹，干爹他会原谅你的！只要干爹原谅你了，别人也就原谅你了！你的世界，是康家呀！你要在康家生存下去，只有去求干爹的原谅！去吧！去求吧！干爹的心那么柔软……他会原谅你的……"心眉心中一动，会吗？康秉谦会原谅她吗？

晚上，心眉捧着一碗莲子汤，来到康秉谦的卧室门口，犹疑心颤，半晌，终于鼓足勇气，敲了敲房门。

咏晴打开房门，怀疑地看着她。

"我……我……我来，"心眉碍口地、羞惭地、求恕地说，"给……老爷送碗莲子汤……"

咏晴让到一边去，走到窗边，冷眼看康秉谦做何决定。

心眉颤巍巍，捧着莲子汤来到康秉谦床前。

"老爷！我……我……"她哀恳地看着康秉谦，眼里全是泪，"给您……熬了莲子汤……您趁热喝……"

康秉谦注视着心眉，接触到的，是心眉愧悔而求恕的眸子，那么哀苦，那么害怕。泪，从她眼角滑下，她双手捧着碗，不敢稍动，也不敢拭泪。康秉谦的心动了动，这个女人，毕竟和他同衾共枕，也曾有过他儿子的女人哪！他吸口气，伸出手去，想接过碗来。但是，刹那间，他眼前又浮起假山后面的一幕，心眉伏在康勤肩上哭诉："康勤，你得救我……我这人早就死了，是你让我活过来的……"他接碗的手一颤，变成用力一挥。汤碗"哐啷"一声砸得粉碎，滚热的汤汤水水，溅了心眉一手一身，烫碎了她最后的希望。"你这个下贱的女人，给我滚！滚到我永远看不到的地方去……"心眉夺门而逃。奔出了康秉谦的卧室，奔入回廊，奔过花园，穿过水榭，奔到后门，打开后门，奔入小树林，奔过旷野，奔过岩石区……望夫崖正耸立在黑夜里。

"眉姨！"心眉奔走的身影，惊动了凭窗而立的夏磊,"眉姨,你去哪里?"他跳起来,打开房门,拔脚就追。"眉姨!回来……眉姨……"心眉爬上了望夫崖,站在那儿,像一具幽灵似的。

夏磊狂奔而来,抬头一看,魂飞魄散。

"眉姨!"他大喊着,疯狂般地喊着,"不可以!不可以!你等等我!我有话跟你说……康勤交代了一些话要告诉你……"夏磊一边喊,一边手脚并用地爬望夫崖。

心眉飘忽地,凄然地一笑。对着崖下,纵身一跃。

夏磊已爬上了崖,骇然地伸手一抓,狂喊着:

"眉姨……"他抓住了心眉裙裾一角,衣服撕开了,心眉的身子,像个断线的纸鸢般向下面飘坠而去。他手中只握住一片撕碎的衣角。"眉姨!"夏磊惨烈地颤声大喊,倒在岩石边上,往下看。"眉……姨……"心眉坠落于地,四肢瘫着,像个破碎的玩偶。

心眉死了。心眉的死,震碎了夏磊的神志。他分不清自己的情绪是怎样的,也无力去把自己那破碎的感觉,再拼凑整理起来。他觉得彻底地失败了,输了!从五四以来,那燃烧着他整个人生的新思潮,到此作为一个总结。死亡,把所有的爱恨情仇,全体带走了。夏磊这一生,面对过两次死亡,一次是父亲夏牧云,一次是眉姨。奇怪的是,这两人都选择了自己结束生命,都结束得如此惨烈。中国人是怎样的民族?有人"视死如归",有人"壮烈成仁",有人"以死明志",有人"一死了之"。人,不是因有生命才有一切吗？放弃的时候，竟也如此这般地容易！生命本身，原来是这么脆弱，这么不堪一击的。

夏磊不能深思，不能分析，他失去所有思考的能力了。

心眉死后第三天，就草草地下葬了。秉谦卧病在床，已无力再来承担心眉的死。梦华在一夜间就成熟了，他挺身而出，坚决果断地料理了后事，所有亲戚朋友，一概没有通知，连亲如天白、天蓝，都不曾来过。心眉虽然也葬进了康家墓园，却远在祖坟周边，一块荒僻的角落里。夏磊目睹那口薄棺，在凄风苦雨中，凄凄凉凉地入了土。他想，眉姨不会在意了，她连生命都不要了，怎会在意葬在何处？入土的，不过是一具"臭皮囊"而已。可是，人的灵魂与精神力量，是不是也跟着生命一起消失，还是徘徊在这虚空之中呢？

梦凡悄悄地在心眉房中，立了一个灵位，燃上两支素烛。她手持香束，站在心眉灵位前，焚香祷告：

"眉姨，你安息吧！在你活着的岁月里，你没有享受到快乐幸福，终于你选择了死亡！或者，也只有死亡这个归宿，你才能得到真正的平安和宁静吧！眉姨，你的一生，欲追求自由，而自由不可得！欲追求尊严，而尊严不可得！欲追求爱情，而爱情也不可得！然而今天，你用无价的生命，换得了一切！或者，这也是你的智慧吧！因为你知道，唯有一死，你的魂魄才得以解开拘束，挣脱牢笼！也或者，此时此刻，你的魂魄正超越于尘土之上，遨游于太虚之中，笑看着世人的庸俗和愚昧呢！"夏磊站在门边，听着梦凡那诚挚低回的声音，梦凡，她是这么冰雪聪明，这么灵巧智慧，才能说出这样一番话！他看着心眉的灵位，看着那缭绕的青烟，再看梦凡那超凡绝俗的美丽……他心中猛地抽紧，脑海里竟跳出《红楼梦》《葬花吟》中的两句"侬今葬花人笑痴，他年葬侬知是谁？"他被这种思想震骇了。梦凡，梦凡！今天是谁杀了眉姨？这只杀眉姨的手，会不会再来杀你？

"夏磊！"梦凡拿着一束香，走过来递给他，"你也给眉姨上一束香吧！"他一把推开了梦凡的手。

"眉姨，她什么都不要了，她还要我们的香吗？烧香，是超度死者呢？还是生者自求心安呢？我不烧！烧香也烧不掉我的自责，和我的犯罪感，如果没有我鼓吹什么自由人权，眉姨，说不定仍然活得好好的！"

"夏磊，你不能这样！"梦凡急切地说，"眉姨本身就是一个悲剧，现在，死者已矣，你不要把自己再陷进这悲剧里去！你不能自责，不能有犯罪感！你一定要超脱出来！"

"我超脱不出来了！我太后悔了！我彻底地绝望了，幻灭了！"夏磊推开梦凡，急奔而去。

夏磊径直奔到天白家门口，见着天白，他就一把抓住了天白胸前的衣襟。"天白，"他急促地说，"你要郑重回答我一个问题：从今以后，梦凡是你的事了！是不是？"

"梦凡？"天白怔了怔，眉头一皱，吸口气说，"她一直就是我的事，不是吗？"

"说得好！"夏磊放开了他，重重地一甩头，"从此以后，她的喜怒哀乐，都是你的事！她如果变云、变烟、变石头，也是你的云、你的烟、你的石头！你记住了！你记牢了！你给我负责她的安危，保障她一生风平浪静！千万不要让她成为眉姨第二！"夏磊说完，掉头就走。天白震撼地往前一跨，心中已有所觉，他喊了一句：

"夏磊！"

"珍重！"夏磊答了两个字，人，已经飞快地消失在街道转角处了。夏磊就此失踪，再也没有回过康家。在他的书桌上，他留下了四句话：

　　生死苦匆匆，无物比情浓，天涯从此去，
万念已成空！

梦凡冲进了小树林，冲进旷野，爬上望夫崖，她对着四周的山峦，用尽全身的力气，狂喊：

"夏磊！你——回——来！"

她的声音，凄厉地扩散出去，山谷回应，带来绵绵不绝的回音："夏——磊——你——回——来——回——

来——回——来……"但是，她的呼唤，也没有用了。她再也唤不回夏磊，他就这样去了。把所有的情与爱，一起割舍，义无反顾地去了。

第十四章

一年以后。远在云南的边陲,有个小小的城市名叫"大理"。大理在久远以前,自成国度,因地处高原,四季如春,有"妙香古国"之称。而今,大理聚居的民族,喜欢白色,穿白衣服,建筑都用白色,自称为"白尼",汉人称他们为"勒墨"人——也就是白族人。在那个时代,白族人是非常单纯、原始,而迷信的民族。这是一个黄昏。在大理一幢很典型的白族建筑里,天井中围满了人。"勒墨"人的族长和他的妻子,正在为他们那十岁大的儿子刀娃"喊魂魄"。"喊魂魄"是白族最普遍的治病方法,主治的不是医生,而是"赛波"。"赛波"是白族话,翻为汉语,应该是"巫师"或"法师"。这时,刀娃昏迷不醒地躺在一张木板床上,刀娃那十八岁的姐姐塞薇站在床边,族长夫妇和众亲友全围着刀娃。赛波手里高举着一只红色的公鸡，身边跟随了两排族人，手里也都抱着红公鸡。站在一面大白墙前面，这面白墙称为"照壁"。赛波开始作法，举起大红公鸡，面向东方，他大声喊："东方神在不在？"众族人也高举公鸡，面向东方，大声应着：

"在哦！在哦！在哦！"

赛波急忙拍打手中的公鸡，鸡声"咯咯"，如在应答。跟随的族人也忙着拍打公鸡，鸡啼声此起彼落，好不热闹。赛波再把公鸡举向西方，大声喊：

"西方神在不在？"

"在哦！在哦！在哦！"众族人应着。

赛波又忙着拍打公鸡，跟随的人也如法炮制。然后，开始找南方神，找完南方神，就轮到北方神。等到东南西北都喊遍了。赛波走到床边，一看，刀娃昏迷如旧，一点儿起色都没有。他又奔回"大照壁"前面，重复再喊第二遍，声音更加雄厚。跟随的族人大声呼应，声势非常壮观。

不管赛波多么卖力地在喊，刀娃躺在木板床上，辗转呻吟，脸色苍白而痛苦。塞薇站在床边，眼看弟弟的病势不轻，对赛波的法术，实在有些怀疑，忍不住对父母说：

"爹、娘！说是第七天可以把刀娃的魂魄喊回来，可是，今天已经是第八天了，再喊不回来，怎么办呢？"

塞薇的母亲吓坏了，哭丧着脸说：

"只有继续喊呀！刀娃这回病得严重，我想，附在他身上的鬼一定是个阴谋鬼！"

"你不要急！"族长很有信心地说，"赛波很灵的，他一定可以救回刀娃！"

"可是，喊来喊去都是这样呀！"塞薇着急地说，"刀娃好像一天比一天严重了！我们除了喊魂魄，还有没有别的办法来治他呢？或者，我们求求别的神好不好呢？"

"嘘！"一片嘘声，阻止塞薇的胡言乱语，以免得罪了神灵。赛波高举公鸡，喊得更加卖力。塞薇无可奈何，心里一急，不禁双手合十，走到大门口，面对落日的方向，虔诚祷告："无所不在的本主神啊，您显显灵，发发慈悲，赶紧救救刀娃吧！千万不要让刀娃死去啊！我们好爱他，不能失去他！神通广大的本主神啊！求求您快快显灵啊……"

塞薇忽然住了口，呆呆地看着前方，前面，是一条巷道，正对着西方。又圆又大的落日，在西天的苍山间缓缓沉落。巷道的尽头，此时，正有个陌生的高大的男子，骑着一匹骏马，踢踏踢踏走近。在落日的衬托下，这个人像是从太阳中走了出来，浑身都沐浴在金色的阳光里。

塞薇眼睛一亮，定定地看着这人骑马而至。这人，正是流浪了整整一年的夏磊。去过东北老家，去过大江南北，去过黄土高原，终于来到云南的大理。夏磊风尘仆仆，已经走遍整个中国，还没有找到他可以"停驻"的地方。

夏磊策马徐行，忽然被这一片呼喊之声吸引住了。他停下马，看了看，忍不住跳下马来，在门外的树上，系住了马。他走过来，正好看到赛波拿着公鸡，按在刀娃的胸口，大声地问着："刀娃的魂魄回来了没有？"

众族人齐声大喊："回来了！回来了！"

夏磊定睛看着刀娃，不禁吃了一惊，这孩子嘴唇发黑，四肢肿胀，看来是中了什么东西的毒，可能小命不保。这群人居然拿着红公鸡，在给孩子喊魂！使命感和愤怒同时在他胸中迸发，他一冲上前，气势逼人地大喊了一句：

"可以了！不要再喊了！太荒谬了！你们再喊下去，耽误了医治，只怕这孩子就没命了！"

赛波呆住了。众族人也呆住了。族长夫妇抬头看着夏磊，不知道来的是何方神圣，一时间，大家都静悄悄的，被夏磊的气势震慑住了。夏磊顾不得大家惊怔的眼光，他急急忙忙上前，弯腰去检查刀娃。一年以来，他已经充分发挥了自己对医学的常识，常常为路人开方治病。自己的行囊中，随身都带着药材药草。他把刀娃翻来覆去，仔细察看，忽然间，大发现般地抬起头来："在这里！在脚踝上！你们看，有个小圆点，这就是伤口！

看来，是毒蝎子螫到了！难道你们都没发现吗？这脚踝都肿了！幸好是蝎子，如果是百步蛇，早就没命了！"

族长夫妇目瞪口呆。赛波清醒过来，不禁大怒。

"你是谁？不要管我们的事！"

"赛波！"塞薇忍不住喊，"让他看看也没关系呀！真的，刀娃是被咬到了！"

"不是咬，是螫的！"夏磊扶住刀娃的脚踝，强而有力地命令着，"快！给我找一盏油灯，一把小刀来！我的行李里面有松胶！快！谁去把我的行李拿来！在马背上面！快！我们要分秒必争！"

"是！"塞薇清脆地应着，转身就奔去拿行李。

夏磊七手八脚，从行李中翻出了药材。

"病到这个地步，只怕松胶熏不出体内的余毒，这里是金银花和甘草，赶快去煎来给他内服！快！"

族长的妻子，像接圣旨般，迅速地接过了药材。族长赶快去找油灯和刀子。赛波抱着红公鸡发愣，众族人也拎着公鸡，不知如何是好。但是，人人都感应到了夏磊身上那不平凡的"力量"，大家震慑着，期待着。夏磊一把抱起了刀娃。

"我们去房间里治病，在这天井里，风吹日晒，岂不是没病也弄出病来？"那一夜，夏磊守着刀娃，又灌药，又熏伤口，整整弄了一夜。天快亮的时候，夏磊看伤口肿胀未消，只得用灯火烧烤了小刀，在伤口上重重一划，用嘴迅速吸去淤血。刀娃这样一痛，整个人都弹了起来，大叫着说：

"痛死我了！哎哟，痛死我了！"

满屋子的人面面相觑，接着，就喜悦地彼此拍打，又吼又叫又笑又跳地嚷："活过来了！活过来了！会说话了！"

是的，刀娃活过来了。睁开黑白分明的大眼睛，他看着室内众人，奇怪地问："爹，娘，你们大家围绕着我干什么？这个人是谁？为什么对着我的脚又吸气又吹气？"

夏磊笑了。"小家伙！你活了！"他快乐地说，真好！能把一条生命从死亡的手里夺回来，真好！他冲着刀娃直笑，"吸气，是去你的毒，吹气，是为你止痛！"

"啊哈！"族长大声狂叫，一路喊了出去，"刀娃活了！刀娃活了！"塞薇眩惑地看着夏磊，走上前去，她崇拜地仰着头，十分尊敬地说："我看到你从太阳里走出来！我知道了！你就是本主神！那时我正在求本主神显灵，你就这样出现了！谢谢你！本主神！"塞薇虔诚地跪伏于地。

塞薇身后，一大群的族人全高喊着，纷纷拜伏于地。

"原来是本主神！"夏磊大惊失色，手忙脚乱地去拉塞薇。

"喂喂！我不是本主神！我是个汉人，我叫夏磊！不许叫我本主神！什么是本主神，我都弄不清楚！"

但是，一路的族人，都兴奋地嚷到街上去了：

"本主神显灵了！本主神救活了刀娃！本主神来了！他从太阳里走出来了……"夏磊追到门口，张着嘴要解释，但是，围在外面的众族人，包括赛波在内，都抱着公鸡跪倒于地：

"谢谢本主神！"大家众口一词地吼着。

夏磊愕然呆住，完全不知所措了。

刀娃第二天就神清气爽，精神百倍了。族长一家太高兴了，为表示他们的欢欣，塞薇带着一群白族少女，向夏磊高歌欢舞着"板凳舞"，接着又把夏磊拖入天井，众族人围绕着他大唱"迎客调"。夏磊走遍了整个中国，从来没有遇到一个民族，像白族人这样浪漫、热情，会用歌舞来表达他们所有的感情，既不保留，也不做作。他们的舞蹈极有韵律，带着原始的奔放，他们的乐器是唢呐、号角和羊皮鼓。

板凳舞是一手拿竹竿，一手拿着小板凳，用竹竿敲击着板凳，越敲越响，越舞越热，唢呐声响亮地配合着，悠扬动听。歌词是这样的：

一盏明灯挂高台，凤凰飞去又飞来，
凤凰飞去多连累，桂花好看路远来！
一根板凳四条边，双手抬到火龙边，

有心有意坐板凳,无心无意蹲火边!
　　客人来自山那边,主人忙忙抬板凳,
　　有心有意坐板凳呀,无心无意蹲火边!

　　唱到后面,大家就把夏磊团团围住,天井中起了一个火堆,所有敲碎了的竹片都丢进了火堆里去烧,熊熊的火映着一张张欢笑的脸。夏磊被簇拥着,按进板凳里,表示客人愿意留下来了。众族人欢声雷动,羊皮鼓就"咚咚,咚咚,咚咚咚……"地敲击起来了。随着鼓声一起,号角唢呐齐鸣,一群白族青年跃进场中,用雄浑的男音,和少女们有唱有答地歌舞起来:

　　大河涨水小河浑,不知小河有多深?
　　丢个石头试深浅,唱首山歌试郎心!
　　高崖脚下桂花开,山对山来崖对崖,
　　妹是桂花香千里,郎是蜜蜂万里来!

　　鼓乐之声越来越热烈,舞蹈者的动作也越来越快,歌声更是响彻了云霄:

　　草地相连水相交,依嗨哟!
　　今晚相逢非陌生,依呀个依嗨哟!
　　郎是细雨从天降,依哟!

妹是清风就地生噢,依嗨哟!
结交要学长流水,依呀个依嗨哟!
莫学露珠一早晨,你我如同板栗树,依哟!
风吹雨打不动根噢,依嗨哟!

鼓声狂敲,白族人欢舞不停,场面如此热烈,如此壮观。夏磊迷惑了。觉得自己整个被这音乐和舞蹈给"鼓舞"了起来,这才明白"鼓舞"二字的意义。他目不暇接地看着那些白族人,感染了这一片欢腾。他笑了。好像从什么魔咒中被释放了,他回到自然,回到原始……身不由己地,他加入了那些白族青年,舞着,跳着,整个人奔放起来,融于歌舞,他似乎在一刹那间,找寻到了那个迷失的真我。他跟着大家唱起来了:

依嗨哟嗨依依嗨哟!
你我如同那板栗树,依哟,
风吹雨打不动根噢,依嗨哟……

夏磊就这样在大理住下来了。

塞薇用无限的喜悦,无尽的崇拜,跟随着夏磊,不厌其烦地向夏磊解释白族人的习惯、风俗、迷信、建筑……并且不厌其烦地教夏磊唱"调子"。因为,白族人的母语是歌,而不是语言。他们无时无地不歌,收获要歌，节庆要歌，交朋友要歌，恋爱要歌……他们把这些歌称为"调子"，不同的场合唱不同的"调子"，他们的孩子从童年起，父母就教他们唱调子。整个白族，有一千多种不同的调子。塞薇笑嘻嘻地告诉夏磊："我们白族人有一句俗语说'一日不唱西山调，生活显得没味道！'"

"要命！"夏磊惊叹着，"你们连俗语都是押韵的！我从没有碰到过如此诗意，又如此原始的民族！你们活得那么单纯，却那么快乐！以歌交谈，以舞相聚，简直太浪漫了！要命！我太喜欢这个民族了！我太喜欢这个地方了！"

"你是我们的本主神，当然会喜欢我们的！"

夏磊脸色一正，"我已经跟你说了几千几万次了，我不是本主神！"

"没关系，没关系！"塞薇仍然一脸的笑，"我们所崇拜的本主神，本来就没有固定的形象，而且是'人神合一'的！你说你不是本主神，我们还是会把你当成本主神来崇拜的！"

他瞪着塞薇，简直拿她没办法。

塞薇今年刚满十八岁，是大理出名的小美女，是许多小伙子追求的对象。她眉目分明，五官秀丽，身材圆润，举止轻盈。再加上，她有极好的歌喉，每次唱调子，都唱得人心悦诚服。她是热情的，单纯的，快乐的……

完全没有人工雕凿的痕迹。她没念过什么书，对"字"几乎不认识，却能随机应变地押韵唱歌。她是聪明的，机智的，原始的，而且是浪漫的。夏磊常常会情不自禁地拿她和梦凡相比较……梦凡轻灵飘逸，像一片洁白无瑕的白云，塞薇却原始自然，像一朵盛放的芙蓉。梦凡，梦凡。夏磊心中，仍然念念不忘这个名字。梦凡现在已经嫁给天白了吧！说不定已经有孩子了吧！再过几年，就会"绿叶成荫子满枝"了！该把她忘了，忘了。他甩甩头，定睛看塞薇，塞薇绽放着一脸的笑，灿烂如阳光。

和塞薇在一起的日子里，刀娃总是如影随形般地跟着他们。这十岁大的孩子，带着与生俱来的野性与活力，不论打鱼时，不论打猎时，总是快快乐乐地唱着歌。对夏磊，他不只是崇拜和佩服，他几乎是"迷恋"他。

洱海，是大理最大的生活资源，也是最迷人的湖泊。苍山十九峰像十九个壮汉，把温柔如处子的洱海揽在臂弯里。夏磊来大理没多久，就迷上了洱海。和塞薇刀娃，他们三个常常划着一条小船，去洱海捕鱼。洱海中渔产丰富，每次撒网，都会大有收获。这天，刀娃和塞薇，一面捕鱼，一面唱着歌，夏磊一面划船，一面听着歌，真觉得如在天上。

"什么鱼是春天的鱼？"塞薇唱。

"白弓鱼是春天的鱼！"刀娃和。

"什么鱼是夏天的鱼？"塞薇唱。

"金鲤鱼是夏天的鱼!"刀娃和。

"什么鱼是秋天的鱼?"塞薇唱。

"小油鱼是秋天的鱼!"刀娃和。

"什么鱼是冬天的鱼?"塞薇唱。

"石鲈鱼是冬天的鱼!"刀娃和。

"什么鱼是水里的鱼?"塞薇转头看夏磊,用手指着他,要他回答。"比目鱼……是水里的鱼!"夏磊半生不熟地和着。

"什么鱼是岸上的鱼?"塞薇唱。

"娃娃鱼是岸上的鱼!"夏磊和。

刀娃太快乐了,摇头晃脑地看着塞薇和夏磊,嘴里哼着,帮他们配乐打拍子。"什么鱼是石头上的鱼?"

"大鳄鱼是石头上的鱼!"

"什么鱼是石缝里的鱼?"

"三线鸡是石缝里的鱼!"

"哇哇!"刀娃大叫,"三线鸡不是鱼!你错了!你要受罚!"

"是呀!"塞薇也笑,"从没听过有鱼叫三线鸡!"

"不骗你们!"夏磊笑着说,"三线鸡是一种珊瑚礁鱼,生长在大海里,不在洱海里,是咸水鱼,身上有三条银线!"他看到塞薇和刀娃都一脸的不信任,就笑得更深了。"我大学里读植物系,动物科也是必修的!不会骗你们的啦!"

"植物系?"刀娃挑着眉毛看塞薇,"植物系是什么东西?"

"是……很有学问就对了!"塞薇笑着答。

"来来来!"刀娃起哄地,"不要唱鱼了,唱花吧!"

于是,塞薇又接着唱了下去:

"什么花是春天的花?"

"曼陀罗是春天的花!"夏磊接得顺口极了。

"什么花是夏天的花?"塞薇唱。

"六月雪是夏天的花!"夏磊和。

"什么花是秋天的花?"塞薇唱。

夏磊一时想不起来了,刀娃拼命鼓掌催促,夏磊想了想,冲口而出:"爬墙虎是秋天的花!"

刀娃和塞薇相对注视,刀娃惊讶地说:

"爬墙虎?"接着,姐弟二人同时嚷出声:"植物系的,错不了!"就相视大笑。夏磊也大笑了。塞薇故意改词,要刁难夏磊了:

"什么花是'四季'的花?"

夏磊眼珠一转,不慌不忙地接口:

"塞薇花是四季的花!"

塞薇一怔,盯着夏磊看,脸红了。刀娃看看塞薇,又看看夏磊,不知道为什么,乐得合不拢嘴。小船在一唱一和中,缓缓地靠了岸,刀娃一溜烟就上岸去了。把整个静悄悄的碧野平湖,青山绿水,全留给了塞薇和夏磊。

　　塞薇目不转睛地凝视着夏磊，夏磊对这样的眼光十分熟悉，他心中蓦然抽痛，痛得眉头紧锁，他掉头去看远处的云天，云天深处，有另一个女孩的脸，他低头去看洱海的水，水中也有相同的脸。欢乐一下子就离他远去，他低喃地脱口轻呼："梦凡！"塞薇的笑容隐去，她困惑地注视着夏磊，因夏磊的忧郁而忧郁了。

第十五章

这年的夏天,梦华和天蓝结婚了。

婚礼盛大而隆重,整整热闹了好几天。康家车水马龙,贺客盈门,家中摆了流水席,又请来最好的京戏班子,连唱了好多天的戏。康秉谦自从心眉死了,夏磊走了,就郁郁寡欢,直到梦华的婚礼,这才重新展开了欢颜。

喜气是有传染性的,这一阵子,连银妞、翠妞、胡嬷嬷都高高兴兴,人人见面,都互道恭喜。但是,梦凡的笑容却越来越少,冠盖满京华,斯人独憔悴。她和天白的婚期,仍然迟迟未定。天白已经留在学校,当了助教。梦华和天蓝结婚后,他到康家来的次数更多了,见到梦凡,他总是用最好的态度,最大的涵养,很温柔地问一句:

"梦凡,你还要我等多久呢?"

梦凡低头不语,心中辗转呼唤:夏磊,夏磊,你在何方?一去经年,杳无音信。夏磊,夏磊,你太无情!

"你知道吗?"天白深深地注视着她,"夏磊说不定已经结婚生子了!"她震动地微颤了一下,依旧低头不语。"好吧!"天白忍耐地,长长地叹了口气,"我说过,我会等你,哪怕你要我等你十年、二十年、一百年……我都会等你!我不催你,但是,请你偶尔也为我想想,好吗?我今年已经二十三岁了!你是不是预备让我们的青春,就浪费在等待上面呢?"

"天白,你……你不要在我身上……"她想说,"继续浪费下去了!"但她说不出口。天白很快地做了个阻止的手势:

"算了算了!别说!我收回刚刚那些话。梦凡!"他又叹了口长气,"当你准备好了,要做我的新娘的时候,请通知我!"

梦凡始终没有通知他,转眼间,秋天来了。

这天,一封来自云南的信,翻山越岭,终于落到了天白手中。天白接信,欢喜欲狂。飞奔到康家,叫出梦凡、梦华、天蓝、康秉谦……大家的头挤在一块儿,抢着看,抢着读,每个人都热泪盈眶,激动莫名。

这封信是这样写的:

亲爱的天白和梦凡：

　　我想，在我终于提笔写信的这一刻，你们大概早已成亲，说不定已经有了小天白或小梦凡了！算算日子，别后至今，已经一年八个月零三天了！瞧，我真是一日又一日计算着的！

　　自从别后，我没有一天忘记过你们，没有一天不在心里对你们祝福千遍万遍，只是我的行踪无定，始终过着漂泊的日子，所以，也无法定下心来，写信报平安。我离开北京后，先回到东北，看过颓圮倾斜的小木屋，祭过荒烟蔓草的祖坟，也一步步走过童年的足迹，心中的感触，真非笔墨所能形容。接着，我漂流过大江南北，穿越过无数的大城小镇。终于，终于，我在遥远的云南，一个历史悠久、民风淳朴的小古城——大理，停驻了我的脚步。

　　大理，就是唐朝的南诏国，也是"勒墨"族的族人聚居之处，"勒墨"是外人给他们的名称，事实上，他们自称为"白尼"。"白尼"和大理，是一切自然之美的总和！有原始的纯真，有古典的浪漫，我几乎是一到这儿，就为它深深地悸动了！我终于找到了失去的自我，也重新找回生活的目标和生存的价值！天白和梦凡，请你们为我放心，请转告干爹，我那么感激他，给了我教育,让我变成一个有用之身,来为其他的人奉献!我真的感激不尽,回忆我这一生,从东北到北京,由北京到云南,这条路走得实在稀奇——我不能不相信,冥冥中自有神灵的安排!

目前,我寄居于族长家中,以我多年所学的医理药材和知识,为族人治病解纷,也经常和他们的"赛波"(巫师)辩论斗法。闲暇时,捕鱼打猎,秋收冬藏。这种生活,似乎回到了我十岁以前,只是,童年的我隐居于荒野,难免孤独。现在的我,生活在人群之中,却难免寂寞!是的,寂寞皆因思念而起!思念在北京的每一个亲人,思念你们!

曾经午夜梦回,狂呼着你们的名字醒来,对着一盏孤灯,久久不能自已。也曾经在酒醉以后,漫山遍野,去搜寻你们的身影,徒然让一野的山风,嘲笑自己的癫狂。总之,想你们,非常非常想你们!这种思念,不知何时能了?想我等这样"有缘",当也不是"无分"之人!有生之年,盼有再见之日!天白、梦凡,千祈珍重!并愿干爹、干娘身体健康,梦华、天蓝万事如意!

夏磊敬书,一九二一年七月于云南大理

梦凡看完了信,一转身,她奔出了大厅,奔向回廊,奔进后院,奔出后门,她直奔向树林和旷野。满屋子的人怔着,只有天白,他匆匆丢下一句:

"我找她去!"就跟着奔了出去。

梦凡穿过树林,穿过旷野,毫不迟疑地奔向望夫崖。到了崖下,她循着旧时足迹,一直爬到了崖顶,站在那儿,她迎风而立,举目远眺。远山远树,平畴绿野,天地之大,像是无边无际。她对着那视线的尽头,伸展着手臂,仰首高呼:

"夏磊!我终于知道你在何方了!大理在天边也好,在地角也好,夏——磊!我来了!"

随后追上来的天白,带着无比的震撼,听着梦凡发自肺腑地呼叫。他怔着,被这样强烈而不移的爱情震慑住了。他一动也不动地看着梦凡。梦凡一转身,发现了天白。她的眸子闪亮,面颊嫣红,嘴唇湿润,语气铿锵,所有的生命力、青春、希望……全如同一股生命之泉,随着夏磊的来信,注入了她的体内。她冲上前,抓住天白,激动,坚决,而热烈地说:"天白,我只有辜负你了!我要去找夏磊!你瞧!"她用力拍拍身后的石崖。"这是'望夫崖'!古时候的女人,只能被动地等待,所以把自己变成了石头!现在,时代已经不同了!我不要当一块巨石,我要找他去!我要追他去!"

天白定定地看着梦凡,他看到的,是比望夫崖传说中那个女人,更加坚定不移的意志。忽然间,他觉得那块崖石很渺小,而梦凡,却变得无比无比高大。

"这是一条漫长的路,"他沉稳地,不疾不徐地说,"总该有人陪你走这一趟!当年,夏磊把你交给了我。如今,不把你亲自送到夏磊身边,我是无法安心的!也罢,"他下定决心地说:"我们就去一趟大理!"

梦凡眼中,闪耀着比阳光更加灿烂的光芒,这光芒如此璀璨,使她整个脸庞,都绽放着无比的美丽。

这美丽——天白终于明白了——这美丽是属于夏磊的。

这年冬天,夏磊来到大理,已经整整一年了。他有了自己的小屋,自己的小院,自己的照壁,自己的渔船,自己的猎具……他几乎完全变成一个白族人了。

他和白族人变得密不可分了。当他建造自己的小屋时,塞薇全家和族人都参加到工作行列,大家帮他和泥砌砖,雕刻门楼。当他造自己的小船时,全族人帮他伐木造船,还为他的船行了下水典礼。塞薇为他织了渔网,刀娃送来全套的钓具。赛波为表示对他的拜服,送来弓箭猎具,欢迎这位"本主神"长驻于此。关于"本主神"这个称呼,他和族人间已经有理说不清,越说越糊涂。尤其,当他有一次,救下了一对初生的双胞胎婴儿——白族认为生双胞胎是得罪了天神,必须把两个孩子全部处死，否则会天降大难，全村都会遭殃。夏磊用自己的生命力保婴儿无害，大家因为他是本主神而将信将疑。孩子留了下来，几个月过去，小孩活泼健康，全村融融乐乐，风调雨顺。婴儿的父母对夏磊感激涕零，在家里竖上他的"本主神"神位，早晚膜拜，赛波心服口服，一心一意想和"本主神"学法术。这"本主神"的"法力"，更是一传十，十传百，远近闻名。

夏磊知道，要破除族人的迷信，不是一朝一夕的事，他不急，有的是时间。他开始教族人认字，开始给他们灌输医学知识，开始把自己植物系所学的科学方法，用在畜牧和种植上。收获十分缓慢，但是，却看得出成效。族人对他，更加喜爱和敬佩了。最怕的事，是"本主神"有朝一日，会弃他们而去。最关心的事，是"本主神"一直没有一位"本主神娘娘"。白族的姑娘都能歌善舞，长于表现自己。也常常把"绣荷包"偷偷送给夏磊，只是，这位本主神不知怎的，就是不解风情。塞薇长侍于夏磊左右，似乎也无法占据他的心灵。然后有这么一天，他们在洱海捕鱼，忽然间，天上风卷云涌，出现了一片低压的云层，把阳光都遮住了。塞薇抬头看着，清清楚楚地说："你瞧！那是望夫云！"

"你说什么？你说什么？"夏磊太震动了，从船上站了起来，瞪视着塞薇，"你再说一遍！"

"望夫云啊！"塞薇大惑不解地看夏磊，不明白他何以如此激动。她伸手指指天空。"这种云,就是我们大理最著名的'望夫云'啊!"

"望夫云?"夏磊惊怔无比。"为什么叫望夫云?"

"那片云,是一个女人变的!"塞薇睁着黑白分明的大眼睛,不慌不忙地解释,"每当望夫云出现的时候,就要刮大风了。风会把洱海的水吹开,露出里面的石骡子!因为,那个石骡子,是女人的丈夫!"

夏磊呆呆看着塞薇,神思飘忽。"这故事发生在一千多年以前,那个女人,是南诏王的公主。"塞薇继续说:"公主自幼配给一个将军。可是,她却爱上了苍山十九峰里的一个猎人,不顾家里的反对,和猎人结为夫妻,住在山洞里面。南诏王气极了,就请来法师作法,把猎人打落到洱海里面,变成一块石头,我们称它为石骡子!猎人变成石头,公主忧伤成疾,就死在山洞里,死后,化为一朵云彩,冲到洱海顶上,引起狂风,吹开洱海,直到看见石骡子为止!这就是我们家喻户晓的'望夫云'!"

夏磊不可置信地抬头看天,再看洱海,又抬头看天,太激动了,情不自禁,大跨步在船中迈起步来:

"我以为我已经从'望夫崖'逃出来了!怎么还会有'望夫云'呢!怎么会呢……"

"喂喂!"塞薇大叫,"你不要乱动呀,船要翻了!真的,船要翻了……"说时迟,那时快,船真的翻了。

夏磊和塞薇双双落水，连船上拴着的一串鱼，也跟着回归洱海。幸好塞薇熟知水性，把夏磊连拖带拉，弄上岸来，两人湿淋淋地滴着水，冷得牙齿和牙齿打架。塞薇瞪着夏磊的狼狈相，突然忍不住大笑起来：

"原来，本主神不会游泳啊！我以为，神是什么事都会做的！"

"我跟你说了几百次了，我不是……"

"本主神！"塞薇慌忙接口说。说完，就轻快地跳开，去收集树枝，来生火取暖。片刻以后，他们已经在一个岩洞前面，生起了火，两人分别脱下湿衣服，在火上烤干。还好岩洞里巨石嵯峨，塞薇先隐在石后，等夏磊为她烤干了内衣，她再为夏磊烤。那是冬天，衣服不易干，烤了半天，才把内衣烤到半干。也来不及避嫌了，两人穿着半湿的，轻薄的内衣，再烤着外衣。一面烤衣服，夏磊第一次告诉了塞薇，有关望夫崖和梦凡的故事。塞薇用心地听，眼眶里盛满了泪。

"现在，我才知道，梦凡两个字的意思！"她感动得声音哽咽。突然间，热情迸发，她伸出手去，紧紧握住了夏磊的手，热烈地说："你的望夫崖，远远在北方，你现在在南方了，离那边好远好远，是不是？不要再去想了，不要再伤心了……我……我唱调子给你听吧！"于是，她清脆婉转地唱了起来：

大路就一条，小路也一条，

大路小路随你挑，大路走到城门口，

小路弯弯曲曲过小桥。

过小桥，到山腰，

大路小路并一条，

走来走去都一样啊，

金花倚门绣荷包。

绣荷包，挂郎腰，

荷包密密缝，

线儿密密绕，

绕住郎心不许逃……

　　调子唱了一半，刀娃沿着岸边，一路寻了过来，看见两人此等模样，不禁大惊："你们起火干什么？烤鱼吃吗？"

　　"鱼？"夏磊这才想起来，回头一看，"糟糕，鱼都掉到水里去了！"

　　"鱼都掉到水里去了？"刀娃看看塞薇，又看夏磊，"你们两个，也掉到水里去了吗？"

　　"哦，哦，唔……"夏磊猛然惊觉，自己和塞薇都衣衫不整，想解释，"是这样的，我们在船上聊天，我一个激动，就站起身来……船不知道怎么搞的，就翻掉了……"

不解释还好，一解释就更暧昧了。刀娃没听完，就满脸都堆上了笑，他手舞足蹈，在草地上又跳又叫：

"好哇！好哇！你们都掉进水里，然后就坐在这里烤衣服，唱调子，好哇！好哇！你们继续烤衣服唱调子，我回家去了……"刀娃一边嚷着，一边飞也似的跑走了。

"刀娃！刀娃！"夏磊急喊，刀娃却早已无影无踪。他无奈地回过头来，看到的是塞薇被火光燃得闪亮的眼睛，和那嫣红如醉的面庞。这天晚上，塞薇的父母拎着一块纯白的羊皮，来到夏磊的小屋里。两位老人家笑得合不拢嘴：

"这是塞薇陪嫁的白羊皮，我们给她挑选了好多年了。是从几千只白羊里选出来的！你瞧，一根杂毛都没有！"塞薇的父亲说，"那些'八大碗'的聘礼都免了！你从外地来，我们不讲究这些了！所有礼节跟规矩，我们女家一手包办！"塞薇的母亲说："'雕梅'早就泡好了，至于'登机'，就是新娘的帽子，也都做了好些年了！"

"婚礼就订在一月三日好了，好日子！这附近八村九寨的人都会到齐，我们要给你们两个办一个最盛大的白族婚礼！大家唱歌，跳舞，喝酒，狂欢上三天三夜！"塞薇的父亲说。

"你什么都不要管，就等着做新郎吧！你全身上下要穿要戴的，都由我们来做，我保证你，你们会是一对最漂亮的白族新郎和新娘！"塞薇的母亲说。

夏磊被动地站着，眼睛睁得大大的。这是天意吗？自己必须远迢迢来到大理，才找到自己的定位？以前在冠盖云集的北京，只觉自己空有一腔热血，如今来到这世外桃源的大理，才发现"活着"的意义——能为一小撮人奉献，好过在一大群人中迷失——人生，原来是这样的。他想起若干年前，对康秉谦说过的话："说不定我碰到一个农妇村姑，也就幸幸福福过一生了！"

他注视那两位兴冲冲的老人，伸手缓缓地接过了白羊皮。羊皮上的温暖，使他蓦然想起久远以前，有只玩具小熊的温暖，那只小熊，名叫奴奴。他心口紧抽了一下，不！过去了！久远以前的事，都过去了！他把白羊皮，下意识地紧抱在胸前。

第十六章

距离夏磊和塞薇的婚礼,只有三天了,整个大理城,都笼罩在一片喜悦里。这门婚事,不是夏磊和塞薇两个人的事,是白族家家户户的事。婚礼订在三塔前的广场上举行,老早老早,大家就忙不赢地在广场上张灯结彩,挂上成串的灯笼和鞭炮,又准备了许多大火炬,以便彻夜腾欢。小伙子们和姑娘们,自组了乐队和舞蹈团,在广场上吹吹打打地练习,歌声缭绕,几里路之外都听得到。

就在这片喜悦的气氛中,一辆马车缓缓驶进了大理城。车上,是风尘仆仆,已经走了两个多月的一行人;天白,梦凡,康忠和银妞。终于,终于,梦凡有志者,事竟成,在天白陪同下,在康忠和银妞的保护下,登山涉水,路远迢迢地追寻夏磊而来!车子驶进大理,天白和梦凡左右张望,整齐的街道,两边有一栋栋白色的建筑,每栋建筑,都有个彩绘雕花的门楼,和参差有致的白色围墙,墙头上,伸出了枝丫,开着红色的山茶花,几乎家家户户,都有茶花,真是美丽极了。街上,一点儿也不冷清,熙来攘往的人群,穿着传统的白族服装,人人脸上绽着笑容,彼此打着招呼。"哎,这儿,和我想象中完全不一样!"天白看了梦凡一眼,"我以为是个荒凉的小村落呢,哪知道,是个古典雅致,别有风味的小城嘛!"

"白族和大理,是一切自然之美的总和!"梦凡眼里闪着光彩,心脏因期待而跳得迅速,脸颊因激动而显得嫣红。她背诵着夏磊信中的句子,那些字字句句,她早就能倒背如流了,"有原始的纯真,有古典的浪漫!就是这儿了!就是这样的地方,才能留住夏磊!"

天白深深看了梦凡一眼。

"我下车去问一问,看有没有人知道夏磊的地址!"

天白跳下车去,拦住了一位白族老人。

"请问这位先生,有一个名叫夏磊的汉人,不知道您认不认识?他住在什么地方?"

老人一惊,笑容立刻从眼角唇边,漾了开来。

"你说本主神啊!认识!当然认识啊!他住在街的那一头!"老人打量他。"我是说夏磊啊!"天白困惑地,"不是什么神!"

"夏磊?"一个年轻小伙子凑了过来,"找本主神啊!你是本主神的亲戚吗?"

"我带你去!"一个白族少女欢天喜地地说,"你一定是赶来参加婚礼的,是不是?"

天白心头大震,婚礼!本主神!他忽然觉得,大事不妙。抬头看看马车,他匆匆摆脱了街上的路人,三步两步走回车边,跳上车子,对满脸期待的梦凡说:

"夏磊竟然变成神了,这太不可思议了。我想,我们先找家客栈,歇下腿来。银妞,康忠,你们陪着小姐,我去把夏磊找到了再说!"

"他……他确定在大理吗?"梦凡急急地问,"他没有离开这儿,又去了别的地方吗?"

"他确定在大理……"天白犹疑了一刻说,"只是情况不明,需要了解一下!"梦凡看了天白一眼,微有所觉,不禁有所畏惧地沉默了,脸上的嫣红立刻就褪色了。

他们很快就找到了一家"四海客栈",天白安顿了梦凡,又命康忠和银妞侍候着,他匆匆就奔出客栈,去找寻那个已变成"本主神"的夏磊!夏磊正站在族长的天井里,在众亲友包围下,试穿他那一身的白族传统服装。塞薇也在试她的新娘装,白上衣,白裙子,袖口,大襟和下摆上,绣满了一层又一层艳丽的花朵。那顶名叫"登机"的帽子,是用金线和银线绣出来的,上面缀满了银珠珠,还垂着长长的银色流苏,真是美丽极了。

夏磊看着盛装的塞薇，不能不承认，她实在是充满了异族情调，而又"艳光四射"的！天井中热闹极了，穿梭不断的白族人，叫着，笑着，闹着，向族长夫妇道贺着，一群白族小孩，在大人腿下，奔来绕去。而刀娃，竟在墙角生了个炉子，烤起辣椒来了。这一烤辣椒，夏磊连打了好几个喷嚏，接着，塞薇也开始打喷嚏，满天井中，老老少少，接二连三，打起喷嚏来。夏磊又是眼泪又是鼻涕地喊："刀娃！你烤辣椒做什么呀！哈……哈……哈啾！"

"我烤'气'椒！祝你们两个永远'气气蜜蜜'！"刀娃自己，也是"哈啾"不停，笑着说。原来，白族人把"辣"念为"气"，把"亲"也念为"气"。烤"气椒"，是取谐音的"亲亲爱爱"，讨个吉祥。"哈啾！"族长嚷着："刀娃！洞房花烛夜才烤气椒，你现在烤什么？"

"洞房的时候，我再烤就是了！"刀娃笑嘻嘻地答，"我已经等不及了，管不了那么多……"话没说完，他就"哈啾！哈啾！"连打了两个好大的喷嚏。

全天井的人，又是叫，又是笑，又是说，又是"哈啾"，真是热闹极了。塞薇早已"哈啾"不已，笑得花枝乱颤，帽子上垂下的流苏，也跟着前摇后晃，煞是好看。

就在这一片喜气中，天白跟着一位带路的白族少女，出现在敞开的大门前。"夏磊！"天白惊呼，目瞪口呆地看着全身白衣白裤，腰上系着红带子的夏磊。夏磊猛一抬头，看到满面风尘的天白。他不能相信这个！这是不可能的！他往前跨了一步，张大了眼睛，再看天白。眼睛花了，一定的！他甩甩头，再看天白。

"天白？"他疑惑地，"楚天白？"

"是啊！"天白激动地大吼出声，"我是楚天白！从北京马不停蹄地赶来找你了！但是，你是谁呢？你这身服装又代表什么？你还是当年的夏磊吗？"

夏磊震动地瞪视着天白，忽然有了真实感。

"你真的来了？你怎么来了？"他大大地吸口气，顿时情绪澎湃，不能自已，"你怎么不在北京守着梦凡，跑到大理来找我干什么？难道……"他战栗了一下。"是干爹……怎样了？还是干娘……"

"不不！他们没事！他们都很好！"天白急忙应着，"北京的每个人都好，梦华和天蓝都快有小宝宝了！全家都高兴得不得了……"

"那！"夏磊直视天白，喘着气问，"你、你、你呢？"

"我、我、我怎的？"

"你、你、你有小宝宝了吗？"

天白四面一看，众白族人已经围了过来，好奇地看天白，又好奇地看夏磊，一张张面孔上，都浮现着"欲知真相"的表情，而那个戴着顶光灿灿的大帽子——美若天仙般的白族姑娘——已经走过来，默默地瞅着他出神了。

"我们一定要在这种情况下来'话旧'和细述'别后种种'吗？"天白问。夏磊回过神来，回头看了众白族人一眼。

"对不起！"他大叫着说，"这是我的兄弟楚天白，他从我的老家北京赶来找我了！对不起，我要和他单独谈一谈！"说完，他抓着天白的手腕，就急奔出天井。"我们走！"

终于，天白和夏磊，置身在洱海边的小树林里了。

"快告诉我！"夏磊摇撼着天白，"你怎么会来找我？你为什么会来找我？"

"你先告诉我！"天白双手握拳，激烈地吼，"你这身白族服装代表什么？你刚刚在天井里做什么？那个盛装的白族少女是怎么回事？你说！快说！"

"那是塞薇！我和她……三天之后要举行婚礼了！"

天白整个人怔住，半晌，都动也不能动，话也不能说，气也喘不过来。"天白，"夏磊的脸色变了，"两年了！你和梦凡，是什么时候完婚的？"天白浑身震颤，握起了拳，他一拳挥在夏磊肚子上。夏磊腰一弯，他又用膝盖一顶，顶在夏磊的下巴上。

"我打你这个本主神！我打你这个莫名其妙的白族人！"他扑上去，抓起夏磊胸前的衣服。"梦凡！你心里还有梦凡这个名字吗？你已经有了白族新娘，你还在乎整天站在望夫崖上的康梦凡吗？"

"梦凡为什么还站在望夫崖上?"夏磊大惊失色,嘶哑地吼着,"你怎么允许她站在望夫崖上?她的喜怒哀乐,都是你的事了!你怎么不管她?"

"如果我管得了她,我还会来找你吗?你已经变成梦凡所有的痛苦,所有的希望,所有的等待,所有的一切的一切!我斗不掉她心中那个你!我毁不掉她心中那个你!所以,直到如今,我没有和她完婚!直到如今,她还站在那个见鬼的望夫崖上,等你回去娶她!"

夏磊大大地震动了,挣脱了天白的手,他连连后退了好几步,面色惨然地瞪视着天白。

"你这些话是什么意思?"

"我再告诉你一件事实!我不和你抢了,不和你争了!我终于认清楚了,每个人有属于自己的梦!我已下定决心,要成全你和她!你干爹干娘也点头了!所以,我来找你。为的是,请你回北京去!回北京去面对梦凡!"

"干爹干娘点头了?"他怔怔地说,"回北京去?"

"是的!"天白用力喊着,"你说,你是要大理的塞薇,还是北京的梦凡?你给我一句话!如果你要塞薇,我二话不说,掉头就走!如果你要梦凡,你也二话不说,掉头就跟我走!"

夏磊纷乱地迎视着天白的眼光,心神全乱了。

"不不!"他挣扎地说,"我当初千方百计地要她,是你不许我要她!等我已定下心来,另辟新局,你又要我回到那是非之地去？"他痛定思痛，瞻前顾后。"不不！我好不容易解脱了！你不可以再诱惑我，再煽动我！大理，已经是我的家，是我心灵休憩的所在……我不能再丢下这个摊子，丢下塞薇，做第二次的逃兵！我不能！"

"这么说，"天白绝望地，"你要定塞薇了？你变了心？你再也不回头了？好好，算我白跑了这一趟！好好，算我认清了你！"天白甩开夏磊，转身就走。

夏磊回过神来，不禁急呼：

"天白！天白！"天白冲出了树林，头也不回地绝尘而去。

梦凡站在洱海客栈的门口，已经引颈盼望了许久。无论银妞、康忠怎样苦劝她回房休息，她就是不肯。站在那客栈外的广场上，她焦灼地、紧张地站立着，望眼欲穿。

天白激动地奔来了。梦凡整个人像绷紧的弦，她注视天白，颤声问："你找到他了吗？你见到他了吗？"

"我见到了！"天白咬牙说。

"他怎样？他好不好？"梦凡眼光灼热，声音急切。

"他很好，他好得不能再好了！"天白一把握住梦凡的手腕，"梦凡！你答应过我，如果夏磊已有改变，你会死心的！你跟我说过，你有心理准备……"

"是，是。"梦凡短促地应着，焦急地，"你说吧！我什么都能承受！他怎样？到底怎样？"

"他变了！"天白脱口而出，"他不是以前那个夏磊了！他在这里，成了声名大噪的本主神，身边有了一个白族女孩……他三天之后就要结婚了……"

梦凡什么都听不见了，像有个焦雷，在她眼前轰然炸开，只感到脑中一片空白，就整个人瘫软下去了。

银妞一把抱住梦凡瘫下的身子，急声喊：

"天白少爷，你不能慢慢告诉她吗！小姐！小姐啊！你醒醒呀！醒醒呀！"

"怎么办？"康忠急忙往客栈里跑，"我去找个大夫来！"

正乱成一团，夏磊忽然排开众人，直冲而来。

"梦凡？梦凡！"他惊愕至极，震动至极，不能置信地看着梦凡那毫无血色的脸庞。他移过视线，看银妞，看康忠，再看天白，"你没有告诉我梦凡来了！你没有告诉我她亲自来大理了！你一个字都没说……"

"我为什么要说呢？"天白昂着头，"你心里已经没有梦凡，我为什么要告诉你，她千里迢迢，跋山涉水来找你？你不配知道这个！你不配！"夏磊俯下身子，一下子紧紧抱住了梦凡。刹那间，他眼睛里什么都没有了。没有天白，没有银妞，没有康忠，没有塞薇，没有白族人……天地万物，骤然凝聚成唯一的躯体，唯一的面庞。梦凡，他心底深处的渴求，他的意志，他的灵魂，他的思想,他的一切……他的梦凡。他用胳膊托住那梳着长发辫的头,眼光深深刻刻地凝视着这张唯一的面庞,他低声地说:"梦凡,毕竟,今生今世,我们谁也逃不开谁。毕竟,今生今世,从东北到北京,已经是上天注定!从北京到大理,只是把注定的事,再注定一次……"他轻轻摇着她的头,泪水夺眶而出,落在她的面庞上。

梦凡悠然醒转,睁开眼睛,她接触到的是夏磊的脸,夏磊痛楚的凝视,和夏磊的泪。她震动地抬起手来,去拭他的泪。"夏磊,"她喃喃地说,"我看到你了!"

"是的,你看到我了!"夏磊哽咽而清晰地说,"你这样一个小小的女子,要有多大的毅力,才能说服干爹、干娘,才能翻山越岭而来,你把不可能的事,变成了事实!你不是北京的望夫崖,你是大理的望夫云,你会移动,你会带来狂风,吹开洱海,吹醒那个沉睡的石骡子!"

梦凡挣扎起身,站了起来,眼光仍停留在夏磊脸上,生命力迅速地注回她的体内,她面颊红润,眼睛闪亮。

"我不知道你在说什么,"她如醉如痴,"但是,能够再听到你的声音,我就不虚此行了!我真希望就这样一直一直听你说!"

"嗯哼!"天白重重地咳了一声,喉中沙哑,眼中充泪,看了看四周已聚拢的白族人。"你们两个,能不能换一个地方去叙旧呢?再这样继续说下去,我看,整个大理市的人都要来看戏了!"一句话提醒了夏磊,他蓦地抬头，这才看到，塞薇牵着刀娃，站在一大排白族人的前面，目不转睛地盯着这一幕。她头上，没有戴那光闪闪的帽子，身上，却仍然穿着那件华丽的白族新娘服。"塞薇！"夏磊苦恼地喊了一声。

塞薇走了过来，仔细凝视梦凡。梦凡在这样强烈的注视下惊觉了，她扬起睫毛，迎视着塞薇。

两个女人对视了好一刻。然后，塞薇轻声问：

"你要把他带回北京吗？"

梦凡无言，飞快地看了夏磊一眼。"塞薇，"夏磊拦了进来，歉然地看着塞薇，眼光里，盛满了歉疚和无奈，"我们的婚礼，必须取消！因为，梦凡，她来了！你知道……"

"我知道！"塞薇点着头，直视了梦凡片刻，"我懂了！"回过身子，她紧紧盯着夏磊，"你的意思是，我们的婚礼，没有了？"天白、银妞、康忠都挺直了背脊，目不转睛地看夏磊。夏磊咬了咬牙，肯定地点了点头。

塞薇一转身，拉起了刀娃的手。刀娃已气愤得满脸通红，眼睛里全是怒火。"我们走！"塞薇说。姐弟两个，很快地消失了身影。

夏磊接触到许多对恼怒的眼光，他坦率地迎视着这些眼光，空气中忽然凝聚了一种紧张的气息。梦凡有些惊怔了，她环视四周，再看夏磊："夏磊，我不是来阻止你的婚礼的，我也不是来破坏你和白族人之间的感情的，我更不是来扰乱你宁静幸福的生活的!我现在见到了塞薇,那个美丽的白族女孩,知道有人像我一样一样地爱你,我就很安慰,很满足了!你……放心,我会赶紧回北京去的!我会把你的幸福和宁静还给你!"

"你还不起!"夏磊粗声说,"你既然来了,你就再也还不起我幸福了!除非你留在我身边!"他抬眼看天白、康忠、银妞:"走吧!先去我的小屋里聚一聚,我们有太多的话,该从头细谈了!"

第十七章

塞薇一口气冲到洱海的岸边上,她对着那辽阔的洱海,和那环绕着洱海的苍山十九峰,跪了下去,匍匐于地,痛哭失声:"山神啊!海神啊!你们要这样考验我吗?我是这么爱他呀!我一心一意要当他的新娘呀!山神、海神、猎神、土地神呀,你们告诉我,我该怎么办?我该怎么办?"

刀娃用力拉了塞薇一把,气冲冲地说:

"姐,你不要哭,我们回家告诉爹娘去!就是本主神也不可以这么做!我们把那个汉族女子赶出去!"

塞薇不说话,她只是哭,大声地哭,号啕痛哭。刀娃在旁束手无策。塞薇哭了足足有一小时才停止。她从洱海岸边站起来了,用衣袖拭去了泪痕,坚决地看刀娃。

"好了!我知道该怎么做了!"

"是山神告诉了你？还是海神告诉了你？"刀娃惊奇地问，"你不哭了吗？"

"不哭了！"塞薇站直了身子，脸庞上重新绽放着光彩，"各方神圣都在我耳朵边说了一句话！"

"什么话？"

"网不住的鱼儿，是天意如此！"她说着白族的谚语，"放他去吧！他会带来更多的收获！"

刀娃似懂非懂。但，塞薇眼睛里闪耀着阳光，似乎一丝哀愁都没有了。

于是，这天晚上，塞薇捧着她那顶光灿灿的"登机"，带着刀娃和她的父母，一起来到了夏磊的小屋。

塞薇径直走到夏磊和梦凡面前，轮流注视着二人的脸孔，用力地点了点头。"看样子，你们已经谈了很多！我猜，我也是你们谈话的一个题目吧！"

"塞薇！"夏磊站起身子，看着来的四个人，塞薇平静严肃，刀娃怒不可遏，塞薇的父母，全对他怒目以视。他的心脏猛烈地跳了跳，目前这种情况下，要说清楚自己的处境和决心，实在太难了！在北京望夫崖上发生的种种牵缠羁绊，怎是远在大理的白族人所能了解？他困难地凝视塞薇，艰涩地开了口："塞薇，我跟你说过我的故事，我从来没有隐瞒你，在我的生命中，一直有个……"

"本主神！"塞薇忽然接口说，目不转睛地看着梦凡,"你就是他的本主神啊!每个人心里有自己的本主神,你一直是他的本主神!我对你太熟悉了。你的地位,不是任何凡间女子可以取代的!今天我一见到你,已经什么都明白了!也终于了解夏磊为什么不能忘记你!我真高兴……"她喉中微哽了一下,甩甩头,露出了潇洒的笑。"我真高兴你来了!我想,世界上只有你,才能解除夏磊的不快乐。以后,我们都能看到一个快乐的本主神,和本主神娘娘了!"她双手高举自己的"登机",虔诚地走上前去:"这是白族新娘的帽子,是我的'登机',我把它送给你。只请求你一件事,不要带走我们的本主神!他在这儿,教我们的孩子读书认字,为我们的老弱妇孺治病疗伤,我们需要他!"她转头热烈地看夏磊,"我们不只欢迎你,也欢迎你的梦凡!"

夏磊目瞪口呆地看着塞薇,说不出有多么震动和感激。此时,刀娃冲了过来,对着夏磊胸口,一拳捶去:"你气死我了!气死我了!"他挥着胳臂大叫,"婚礼都准备好了!好多村子、寨子都要来参加婚礼了!我们要唱三天三夜的歌,跳三天三夜的舞,我准备了三大篓的'气椒',你怎么可以这样子?你怎么可以取消婚礼!你气死我了!气死我了……"小刀娃还没有嚷完,族长已大踏步冲了过来。走过去,他不由分说就抓起了夏磊胸前的衣服,把他整个人拎了起来,鼻子对着夏磊的鼻子,眼睛瞪着夏磊的眼睛,他震耳欲聋地大声吼:

"你想取消婚礼,门都没有!你把我们白族人小看到什么地步?远近三百里以内,苗族、傣族、彝族等各族的老老少少,都联络好了,要来参加这个婚礼,大家要尽兴狂欢,怎么是你说取消就能取消的!你虽然是本主神,也不能这样不守信用……"

"所以,"塞薇语气铿锵,坚定有力地说,"三天后的婚礼,一定要如期举行!大家都兴冲冲要狂欢一场,我们就让大家狂欢一场!新郎是现成的,只不过把新娘换个人而已!"

夏磊、天白、银妞、康忠、梦凡都面面相觑,惊愕得说不出话来。"夏磊!"族长吼着,"你可以不要我这个笨丫头,但是,你敢拿我们白族人开玩笑,我们会打断你的骨头!"

"爹爹呀!"塞薇睁着美丽的大眼睛,"你不是常常教我吗?网不住的鱼儿,就让它去吧!鱼儿尚且如此,何况是本主神呢?如果硬要去网那网不住的鱼,会把渔网弄破的!爹呵,我们不要弄破渔网吧!何况,你的女儿,还有一大群白族的好青年,在排队呢!"族长直眉瞪眼,重重地放下夏磊。

"谁教你是我们的本主神呢!"他瞪着夏磊,讲价似的大声说,"这么说,婚礼是不能取消的!怎么样?怎么样?你依还是不依?你说!"夏磊全心激荡,感动万分地对塞薇含泪一笑,说:

"我同意。"他看向梦凡,"你呢?愿不愿意当我的白族新娘?愿不愿意为我留在这个地方?"

"我愿意!"梦凡诚心诚意地喊了出来,"我愿意!我愿意!我愿意!"她又一迭连声地重复着。

塞薇双手高捧着"登机",梦凡低下头来,感动至深地接受了这顶帽子。"哇!"天白雀跃三丈了。这一生,似乎都没有如此欢欣过,他大叫着说:"要喝酒!我要喝酒!夏磊,赶快把你秘藏的白族酒、苗族酒、撒尼人酒……全体搬出来吧!"

第十八章

于是,三天之后,夏磊和梦凡,举行了盛大的白族婚礼。

附近的苗人、撒尼人……好多少数民族族人全来了。壮男和少女组成了不同服装的队伍,唱着歌,吹着唢呐,打着腰鼓,一路跳舞跳进三塔下的广场,广场上,火把一束又一束地燃着,准备要通宵达旦地狂欢。他们纵情地喝酒、唱歌,欢呼不断。夏磊骑着马,穿着一身白族服装,迎娶了梦凡。

梦凡戴着闪闪发光的"登机",穿着全是银色流苏的白族新娘服,在塞薇和众白族姑娘的高歌下,簇拥到夏磊面前。众白族人高声大叫着:"新郎新娘喝同心酒!喝同心酒!喝同心酒!"

一个大木盆,盛满了酒,被一排小伙子送上来。

夏磊和梦凡低头喝了酒。众人欢呼着,抢上来分剩余下来的酒。酒盆在众人手中轮流转动,许多酒泼洒出来,淋了一身酒的青年男女手携着手,欢笑地又歌又舞,唱着"迎亲调":

山茶花最香最香,
引来的蜜蜂最忙最忙,
最漂亮的姑娘,
引来的小伙子最强最强!
山茶花最香最香,
最漂亮的姑娘,
就是今天的新娘!
蜜蜂最忙最忙,
小伙子最强最强,
就是今天的新郎!

调子一转,唢呐声独奏了一段。然后,三弦、皮鼓齐鸣,歌声响彻云霄:

天生的一对鸳鸯,
相配的一对孔雀。
贴心的新郎与新娘!
像合意的琴弦,

心跳在一个拍子上,
像合音的葫芦笙,
心连在一个调子上!
两颗跳动在一起的心啊,
洁白得像银子一样,
像芭蕉蕊一样芬芳!

舞蹈的队伍从四面八方拥来,把夏磊和梦凡簇拥在广场的中央,队伍像花瓣般散开,新郎和新娘恰如花蕊,相拥相依。夏磊伸手托起了梦凡的下巴,凝视着那张闪耀在阳光下的脸庞!望夫崖上的梦凡啊!她毕竟没有成为石头!那从童年时代起,就成为他心灵的主宰的梦凡啊,终于成为他终身的伴侣!他的心热烘烘的,充满了对上天的感恩之心。充满了对梦凡的热爱与敬佩。从没有一个女人,追求爱情的决心像梦凡一样坚强!坚如石,韧如丝,热如火,柔如水。梦凡,梦凡,你是怎样的女人啊!

"梦凡!"他在一片高歌与欢呼声中,对梦凡感触万千地说,"真没想到,我们一个出生在冰雪苍茫的原始森林里,一个出生在雕梁画栋的深宅大院里,我们居然会相遇!相遇之后,又经历了长达十四年的时间,走了大半个中国,历经悲欢离合……然后,会在这遥远的大理城,完成了'白族婚礼'!我终于不能不相信,'千里姻缘一线牵'这句话了!"

梦凡无语,只是痴痴地、痴痴地看着夏磊。这得来非易的新郎呵!然后,虽然在千百双眼光的注视下,他们却紧紧相拥了。羊皮鼓咚咚咚狂敲,唢呐、号角再度齐鸣。白族的歌舞声响彻云霄:

> 山茶花最香最香,
> 引来的蜜蜂最忙最忙,
> 最漂亮的姑娘,
> 引来的小伙子最强最强……

天白已经被拉入白族队伍,也忘形地歌舞起来,连康忠、银妞也都卷入了歌舞中。

> 天生的一对鸳鸯,
> 相配的一对孔雀,
> 贴心的新郎与新娘!
> 像合意的琴弦,
> 心跳在一个拍子上,
> 像合音的葫芦笙,
> 心连在一个调子上!
> 两颗跳动在一起的心啊,

洁白得像银子一样,

像芭蕉蕊啊……一样芬芳!

——全书完——

一九九〇年十二月二十日完稿于台北可园

一九九一年一月卅一日修正于台北可园

（京权）图字：01-2024-1715

图书在版编目（CIP）数据

望夫崖 / 琼瑶著. -- 北京：作家出版社，2024.10
（琼瑶作品大合集）
ISBN 978-7-5212-2839-7

Ⅰ.①望… Ⅱ.①琼… Ⅲ.①言情小说-中国-当代 Ⅳ.①I247.5

中国国家版本馆 CIP 数据核字（2024）第 089050 号

版权所有 © 琼瑶

本书版权经由可人娱乐国际有限公司授权作家出版社出版简体中文版
非经书面同意，不得以任何形式任意重制、转载。

望夫崖

作　　者：	琼　瑶
责任编辑：	徐　乐　方　叒
装帧设计：	棱角视觉　纸方程·于文妍
出版发行：	作家出版社有限公司
社　　址：	北京农展馆南里 10 号　邮　编：100125
电话传真：	86-10-65067186（发行中心）
	86-10-65004079（总编室）
E-mail：	zuojia@zuojia.net.cn
http：	//www.zuojiachubanshe.com
印　　刷：	唐山玺诚印务有限公司
成品尺寸：	142×210
字　　数：	114 千
印　　张：	6.5
版　　次：	2024 年 10 月第 1 版
印　　次：	2024 年 10 月第 1 次印刷
ISBN	978-7-5212-2839-7
定　　价：	32.00 元

作家版图书，版权所有，侵权必究。
作家版图书，印装错误可随时退换。

品琼瑶经典

忆匆匆那年